U1014797

日知文丛

言辞的余波

方维规 著

浙江古籍出版社

图书在版编目（CIP）数据

言辞的余波 / 方维规著 . -- 杭州 : 浙江古籍出版社，2023.2

（日知文丛）

ISBN 978-7-5540-2348-8

Ⅰ . ①言… Ⅱ . ①方… Ⅲ . ①随笔—作品集—中国—当代 Ⅳ . ① I267.1

中国版本图书馆 CIP 数据核字（2022）第 149805 号

日知文丛

言辞的余波

方维规　著

出版发行　浙江古籍出版社

（杭州体育场路 347 号　电话：0571-85068292）

网　　址　https：//zjgj.zjcbcm.com

责任编辑　刘　蔚

封面设计　吴思璐

责任校对　吴颖胤

责任印务　楼浩凯

照　　排　浙江时代出版服务有限公司

印　　刷　浙江海虹彩色印务有限公司

开　　本　889mm × 1194mm　1/32

印　　张　7.625

字　　数　159 千字

版　　次　2023 年 2 月第 1 版

印　　次　2023 年 2 月第 1 次印刷

书　　号　ISBN 978-7-5540-2348-8

定　　价　45.00 元

如发现印装质量问题，影响阅读，请与本社市场营销部联系调换。

小序

这本小书收入的是我在有些学术会议上的主题讲演，文集或译作的序言，友人著作的代序，还有书评、读书感想等，可用杂七杂八来形容，美其名可谓学术随笔。平时我写论文，一般都比较长，而且多半还有让不少读者生厌的繁琐注释；与之相比，这本集子里的文字或许不那么累人。坦白说，有的是应景之作，也有践约的即兴操觚。本以为岁月其徂，不少写过的文字也就慢慢远去了。没料想，徐锋君友情邀稿，为《日知文丛》出一本集子，他还说了大概篇幅。蒙他抬举，自有愉悦之感。不过，这又无异于临时起意编一本书。没想过这事儿，但也不难办，马上想到利用这个机缘，对某些不成统绪的篇什来个特殊组合，或可安顿个别不知归属的小文，何乐而不为呢？旧文的二次利用，多少给人敝帚自珍之嫌，但对我来说也是小小的思想检点，再与读者分享有些心得和看法，这隐约也是书名中“余波”之由来，此说当然还有点朦胧的含义。

虽说错杂松散，但选入这本小册子的文字多半和文学有关，和书有关，连带一些对文化现象的感想。几乎每篇文章的写作都有缘起，但我喜欢借题发挥，针对我自己觉得有意思的一个问题或几个相关问题发点感慨。文章虽小，论题未必无关紧要，比如首篇《文学的潮汐》和《何谓“跨文化”》。另有少许文章，比如《“书之王”、数字化及其他》，是十多年前写的，其中叙及的有些新媒介现象已经过时，但为了呈现当时的情景和语境，还是收录于此，不仅为了让人看到技术和社会的快速发展，还在于有些道理仿佛尚未过时。不消说，时过境迁，不合时宜的说法肯定还有。

说实在的，不少文章由于偶然原因而成稿，甚至是急就篇，所以没花太多时间，而用力更多、更为耗时的那些文章，偏偏没有收在这里，恐怕在文体上也不合适。收入本书的有些文字，发表后似乎评价还可以。我很欣赏知识考古，也不断尝试在自己的问学之旅中践行此术，本书的短文中或许也能见出这一追求。有的文章初刊时，可能限于篇幅而被删节；另有一些表述由于其他原因，编辑有所改动。这次乘编辑这本文集之机，尽量恢复了原貌。为了使文章稍显灵动，或为余波增添一点联想的涟漪，一些标题有所改动，但初刊信息均记录于各篇首页注释。

大凡写随笔者，都想卖弄点灵气，写率性感觉，天然去雕饰，行文从容。而我读旧稿，总觉得里面似乎多了点“一本正经”。作为自我辩解，这大概也和论题有关吧，或者用我在其他地方转引过的孟子的说法，不是我好辩，是不得已啊！更糟糕的是，随笔也时常带着情绪，不是说直抒胸臆吗？说起来，我也曾自责何必当真，何必抬杠，可就是克制不住，喜欢说三道四，把握不住分寸，甚至会让朋友下不了台。没办法，可能生性如此吧。曾有朋友见到我有些文章中比较狠的评说，或者刻薄的文字，说我是性情中人，我至今不知这种说法是褒是贬。莫非真的“文如其人”？可我平时生活中也没有这么一丝不苟啊，只觉得学术上可以直言不讳，为学问而学问，且多少有补于学问。随它去吧，泼出去的水。

另外，虽无显摆学识之意，但在审读旧稿时，感觉时常有点掉书袋的味道，而书生气好像总与潇洒文笔作对，这也是没办法的事，有些东西是一时学不来的，有些坏习惯也难改。好在这是学术随笔，常可以多点知识性铺陈，当然要避免知识堆积。其实所谓“堆积”，除了平时的积累，也是边写边学、边查边堆，今次结集时又在个别文章中堆了一些，惟期读者不要感到太枯燥。至于个别文章中的一些说法，不过是一家之言，真心期望有以教我。

目 录

文学的潮汐*

一

翻开世界文学史，我们会与莎士比亚、歌德、巴尔扎克、托尔斯泰、普鲁斯特、卡夫卡等文豪相遇；在中国文学史中，我们可以遇见李白、杜甫、曹雪芹、蒲松龄等诗圣奇才，或现代的鲁迅、老舍、沈从文等大作家。所有这些人都留下了传世作品，我们今天常会想到他们。一两百年以后的情形将会怎样？那个时代的人还会翻阅和研究我们这个时代的文学吗？还会讨论我们时代的哪一部作品具有划时代意义，并对人产生深刻影响吗？

一般说来，不少文坛巨匠之所以是划时代的，在于他们的作品撩拨了时代的神经；或者，他们提出了许多问题；或者，他们的作品本身是在政治和社会的高压下产生的，并以其特有的艺术形式和声音发出呐喊。上学时曾听老师说过，一部上乘之作是不得不写的文字，这是能从文本中感受到的。作品表述的是作者的真实本质，还是出自一个见多识广的老练写手，这里能够见出好作家与坏作家之分。一部真正的作品是被感受逼

* 原载《中国文学批评》2016 年第 3 期，第 103—108 页。

出来的，是瓜熟蒂落，而不是玩弄技法，它是对世界及其表面现象的本质性问答。

在马修·阿诺德看来，文学有着“世界上最好的思想和最佳表述”。“文学”出现在眼前，是因为作家能同自己相遇，读者能同自己相遇，从而能同作家相遇。文学生存于思想和感受之间，或许是语言交流的最高形式，是同自己、同他人的交流。如此文字，能够改变作者和读者。然而当下世道好像变了：后现代文化热衷于时尚、大众、日常、流行和通俗，诺贝尔文学奖在世界上的反响已经大不如前。常听人说，获奖者不过如此。

文学的前景是暗淡的。那是我们生不逢时吗？我们生活在一个谬误的时代吗？或许是系列小说《哈利·波特》及其电影，或情色漫画作品《激情香水》也撩拨了时代的神经，否则如何解释它们受到追捧呢？虽然我们无法预测哪个作家一百年后会被人记起，但是有一点恐怕是肯定的：能够被人想起的人，至少是在没有禁忌的状态中从事写作的人。这里说的不只是内容，还有形式，也就是作品的艺术品质。然而，所谓品质又常常是极为模糊的，名作往往是时代之品格趋势的鲜明体现，人们看重的不一定是写了什么，而是怎样写，如意识流文学的先驱和大师普鲁斯特的《追忆似水年华》，实感地捕捉各种感受、回忆和意念，生动地记录和复活过去的时光，便以形式取胜。

我们今天把那些折射时代精神、引领时代趋势的上乘之作看作世界文学经典。我们可以从中窥见过去，或许还有将来。歌德的《少年维特之烦恼》中奔放的情感描述，对于那个时代来说是革命性的；卡夫卡《变形记》对荒诞的塑造也是如此。

这些作品都对后来的文学产生了深远的影响，成为当之无愧的世界文学瑰宝。

二

话要说回来了，一百五十年前，知道《红楼梦》的人寥寥无几，它在彼时所谓“经典名作”中是排不上号的。晚年杜甫因与时代风气格格不入，因而曾被长久遗忘。另外，许多在文学殿堂里不可动摇的作家，绝非在文学创作的开始就一鸣惊人。《少年维特之烦恼》（1774）尽管风靡欧洲，但其时作者歌德并未成为德意志的“桂冠诗人”，而是在19世纪的德国民族主义运动中才被捧为诗圣的，由于统一后的德国开始寻找其文化根源，需要一个文学偶像。

莎士比亚也是一个典型例子：人们常把他看作中世纪与新时代之交的文豪。作为剧院经理、股东、演员和诗人的他，生前与戏剧的因缘难解难分。可是在当时，戏剧正是处于上升时期的市民阶层所深恶痛绝的东西，被视为罪恶和猥亵的场所。莎士比亚在死后的一百多年里，几乎被忘得一干二净。市民戏剧的发展与他毫不相干，倒是李洛和莫尔那样的戏剧家博得大名。不少文学家在其生前被广泛阅读和推崇，甚至被看作民族文化财产中不可或缺的人物，后来却“烟消云散”了。今天还有谁会想到李洛和莫尔呢?

关于“何为文学”的论争，起始于19世纪，至今依然纠缠不清。这并不能说明文学研究在这个问题上毫无作为，无法明确界定其研究对象，其实，文学研究本身就是论争的起因或焦点。之所以如此，在于19世纪给出的文学定义，而这正是文学的成功秘密：在中小学和大学课堂上，在公共文化生活中，文学（小说，戏剧，诗歌）常被看作一个民族和国家的成就；或者，文学被视为与人类密切相关的语言作品。这些定义很武断，却很流行。一切都取决于论说文学的人，取决于他把文学看成何物。换言之：对于文学的定见，并不取决于文学概念，而要看文学生活与文学交流的传统。什么可被视为文学，在很大程度上是如何与文学作品相处的问题。

如果我们回顾历史，就不得不说，在整个人类文明史中，大约二百年以来，文学从来没有受到如此高的重视，是这二百年中催生民族意识的主要推手。而不少欧洲中世纪论述艺术的文献，都没有提及文学，或后人所理解的文学。换言之，荷马史诗、《十日谈》、《神曲》早就存在，赋予其“文学”属性则是后来的事。19世纪以降，造型艺术和严肃音乐也效法文学，在民族和国家的层面上界定各自的品质，并且出现了高低之分：高雅文学与通俗文学，艺术作品与庸俗作品。高雅者是受到社会广泛注重的作品，低俗者则是那些不入流的作品，不受重视甚至受到排挤，理由常常是“缺乏时代精神”。殊不知，文学作品的时代精神在某种程度上只是一个抽象概念，单凭呈现“时代精神”是永远无法进入文学史的。文学经典是文化的一部分，确实同时代精神有关，与文学时尚和趣味有关，但还有其他许多因素。比如，在今天这个“没有品位”的时代，低俗者未必受到排挤，否则哪来大众文化呢？

三

后来人会怎样看待我们这个时代的作品？要直接回答这个问题是很困难的。毋庸置疑，当代肯定也有一百年后依然值得一读的作品，即世界文学经典。可是，我们无法断定哪些作品会“走运”，这需要时间的检验。世界名著多半是长期被广泛阅读的作品，当然，这并不妨碍一些文学批评家迫不及待将有些问世不久的优秀作品视为“当代经典”或已是“世界文学经典”。与此相关的还有另一个常见问题：哪些是必读书？对于这个问题，会有无数答案，其中之一便是“世界文学经典”。可是，每个人其实都有自己的经典，也就是自己的“必读”。

断定所谓“世界文学经典”，或许有两种途径或标准，其一属于品质范畴：何谓优秀的世界文学？有哪些评判尺度？文学是否应当呈现特定的地方特色？或应适合全球读者？另一标准则是实际情况亦即“量”的考量，考察一部作品在世界上的接受状况。在此，我们可以简单讨论一下两个相关却相去甚远的概念：“世界的文学”和“世界文学”。所谓“世界的文学”，涵盖世界上所有文化和语言所造就的文学，且非都见之于文字，世上不少地方的传说和神话都是口头代代相传。而“世界文学”一般是指超越国界和地域广泛传播且被公认为重要的作品，就像人们谈论“世界文化遗产”或“世界自然遗产”一样，蕴含着“世界记忆”。在世界名著中，究竟是什么让其得以闻名，原因或许很简单：匠心独运。读者不计其数，不论其看到了什么，即使只是看到他们有过的生活，倘若它确实说出些道理，就会被一代代人欣赏，至于那是讲述一个伟大的爱情故事，或是批判现实社会，似乎并不重要。

如何解释品格、形式和种类截然不同的作品都被称作世界文学呢？人们既把格林童话视为世界文学，也把福尔摩斯系列侦探小说、瑞典女作家林格伦的《长袜子皮皮》绘本，或罗琳的儿童奇幻系列小说《哈利·波特》看作世界文学。在不少情况下，我们几乎很难说清楚，为何一部作品能在全世界赢得读者的青睐，而另一部作品虽能博得本土读者的喝彩，进入他乡却几乎无人问津。以中国文学为例：仅被译成英语或其他西方语言，只能说明其走向世界，未必就成为世界文学。换句话说，只要中国文学作品主要还是海外汉学家或中国文学爱好者的读物，就很难证明其世界文学地位。

艺术品质并不出色的作品，是否也能成为世界文学呢？这完全是可能的。18 世纪末、19 世纪初最受欢迎的德意志通俗剧作家，曾任维也纳、彼得堡剧院院长的柯策布（August von Kotzebue，1761—1819）就是一个典型例子：1779 年至 1839 年间，仅曼海姆民族剧院就上演他的剧作 1487 次，远远超过席勒、莎士比亚和歌德的作品。当代的典型例子是《哈利·波特》。看来，一部作品是否能够博得世界文学之美誉，首先要视其在世界范围的传播和接受状况，即图书市场、读者反应和文学批评的实际状况。现当代的畅销书通过电影改编和新媒体的呈现形式，更能进入人们的记忆，这是早先的文学做不到的。而在艺术审美上对读者要求不高，却善于讨好受众、扣人心弦的作品，正是全世界读者喜闻乐见的。

四

在德意志土地上，约从16世纪50年代起，也就是“天才美学”逐渐兴起、传统的“规范美学”遭到轻视起，文学准则的合法性便在根本上受到质疑。被赋予“天才”标签的文学家（如歌德），不顾可能的责难，创造自己的准则。这种观念后来得到浪漫主义文学纲领的推波助澜，弗里德里希·施莱格尔的信条是：“诗人的任性，容不得任何法则凌驾于他。”自律之理念连绵不断，深刻地影响了20世纪文学研究和文学批评的价值观：重视准则，让人小瞧；无视准则，得到赏识。与这种对举相伴而生的是，贬低对楷模的效仿，推崇“革新”和“独特”。对于文化精英所推崇的文学来说，偏离准则成了准则。

我们在此遇到一个有趣现象，也是“传统之悖论”：一般人会以为，传统经典作品是往昔时代精神的“代表”。殊不知我们知道的许多文豪，其实根本代表不了他们所生活的年代。晚年歌德、荷尔德林、普鲁斯特、卡夫卡，或者陶渊明、杜甫，他们的作品能够传世，正在于他们很出格、与众不同，或缺乏时代精神。杜甫不是盛唐时代的代表，当时的诗选集未收录一首杜诗。同样，陶渊明的诗在南北朝无甚影响，刘勰《文心雕龙》只字未提陶潜，钟嵘《诗品》列陶诗为中品；陶渊明真正成为经典，大约用了七百年时间！不错，他们往往反传统、反惯习，反潮流，不为时人所理解，或超越了自己的时代，超出同时代人的期待视野。兴许正因为此，后人才把他们的作品追尊为经典，适用于任何时代。

在穆卡洛夫斯基看来，“若从审美准则来考查艺术史，那便是一部抵御主流准则的历史”。姚斯的接受美学也认为，一部作品与读者的文学期待之间的距离越大，越能体现其审美价值；而“审美距离”越短，越使其接近“烹调艺术”亦即消遣艺术。根据这种价值模式，上乘艺术作品的不同凡响之处，在于其对感受习惯的冲击，或者通过惊诧来获得新的观察方式和异常经验。而通俗文学或庸俗作品，则是在不断复制语言俗套、格式化的文学类型、屡见不鲜的情感格调和多愁善感的言词。于是乎，“李杜诗篇万古传，至今已觉不新鲜”之论，总在影响着精英们的思绪。

19世纪以来，对于文学的“艺术性”和作品内涵的解析，是从事文学研究的中心问题之一，20世纪的状况尤其如此。罗兰·巴特在20世纪50年代对刊物的封面或汽车的造型所提供的信息做过分析。后来又出现一种极端的语文研究，即咬文嚼字地阅读文本，或曰重写文本。从文本中发现先前写作过程留下的痕迹，以此昭示新的语言表达。后结构主义的代表人物在20世纪80、90年代，则像他们对待语言概念那样，更为坚定地拓展了文本的意义。人们注重文学的多义性：一个文本之所以是多义的，在于它有可能在很多人眼里是多义的。按照一般看法，日报上的文章不会是多义的，否则它是一篇劣质文章；而一首诗，常被看作多义的，否则它不是一首好诗。这里可以见出评价标准已从文本解释走向了文本评价：被接受者视为多义的文学文本，才是好的文本。

自19世纪起，文学开始有广义、狭义之分。从某种程度上说，这种区分至今还没有完全消失。狭义文学概念曾引发诸多异议。文本阐释学派（例如结构主义阐释方法对于文本的解读）或注重社会维度的阐释学派（例如马克思主义学派与各种文学社会学思潮）都在 20 世纪下半叶主张“宽泛的”文学概念，认为这种概念拓展，能够让人在意识形态批判的层面上解析政治文本、日常文本、广告语言等。在媒介研究中，文本的意义在很大程度上来自媒介条件所带来的建构和塑形。而在电影研究中，扩展的语言概念更是理所当然的，人们很自然地谈论导演的“图像语言”。对于这类语言，文学研究者理当有自己的评说。

五

当代文学比以往任何时候都受到市场条件的制约：书籍成为多媒体产业链中的底本，被改编为电影、电视连续剧或网络游戏等。媒介多方面地操控着文学和作家的作用过程，影响着市场和作家形象（作者可以成为商标），决定着创作者在文学场域中的象征资本（布尔迪厄）。为什么需要文学？对于这个问题，当今文学生活中的“现实主义者”或出版社经理早就回答了。他们很懂得自己的生意经，出版社要的是发行量，一本书经估计能完成计划中的发行量，那便可以“做”，收入可观，目的也就达到了。文学的这种市场运营方式，将会长久地扭曲和损伤文学的本来面目。

在各种访谈和文学讨论会上，如果对作家提出“为什么要文学”这个问题，他们中的大多数人，不论是小说家、剧作家还是诗人，或许早就不像从前那样，坚信文学能够改变社会。他们或许会说为自己而写，出自一种表达的欲望。不少人可能为钱而写，可是谁都不会把“钱”放在嘴上。同样，读者也发生了很大变化：只要阅读时出现片刻的枯燥之感，书便会被丢到一旁，即使是一部杰作也无济于事。文学市场的深刻变化及变化了的读者习惯，如何影响文学的传播？尤其是如何影响人们对文学的评价和经典作品的界定？

文学将要死亡的警示不断出现，其真实意图是捍卫文学，对文学不感兴趣的人是不会谈论其死亡的。传统文化的一个明显特色，是其知识上的保守倾向，对于新的文明变化，采取的是防守姿态。它极力丑化与之争衡的新媒介，说其助长惰性，导致操纵和异化。的确，新媒介还调节着集体对于文化现实的感受模式，其价值判断及选择机制，甚至影响到文学进入人文历史的传承和记忆过程。鉴于印刷文本似乎不再是首选的文学交流渠道，传统文化的中心诉求是对书籍的膜拜和纯文学的推崇，其不言自明的理念是：文学永远不会死亡，只要还有一个读者存在，文学就将继续活着。

萨特曾说，一本书只有在有人读时才存在，文学作品当被作为交流过程来感知。在姚斯和伊瑟尔之后，我们知道文本的生命在于阅读。尽管如此，文学这一社会机制是整个社会的亚属机制。在这一机制中，角色分布有着极为重要的意义，文学生产、文学中介、文学接受和文学加工，相互关联、相互影响。文学当为何物、如何切当地观察文学等问题，是现代社会最重要的论争之一。文学论争是文化论争和民族艺术的重要组成部分。它比任何其他论争都要更多地涉及社会论题，是社会相关性最强的论题，并可传导入其他论争的议题。

六

尼采曾在《查拉斯图拉如是说》（1883）中写道："了解读者的人，不会再为读者写作。如此读者再延续百年，就连精神都会腐臭。谁都学会识字读文的话，长此以往不仅会糟蹋写作，还会玷污思想。"显然，尼采对庶民识字很反感，认为百姓理解不了思想。130年后的今天，在大多数国家，几乎每个人都被融入某种教育体制，阅读似乎不再是很大的问题。尼采对全民教育的灰暗预言，已不再能够引发人们的抵触之情，那毕竟是早先的狂人之言。另外，精神想必也没开始腐臭，但是就总体而言，精神早已成为往昔的奢侈，成为稀缺品。

诚然，一个普通工人或农民不会对意识流文学家乔伊斯的《尤利西斯》感兴趣，也不会喜欢布莱希特戏剧的"陌生化效果"。他没有掌握布尔迪厄在《区隔：趣味判断的社会批判》中所说的解码艺术品的代码，也不稀罕解码的代码。大众喜欢的是轻松愉快的"粗俗"享受，拒绝一切艺术实验和实验艺术。他们看重作品的情节，看重自己的情感投入。对阿多诺来说，艺术作品不丧失其精髓，就没有大众文化可言。对当代老百姓来说，遥控器和智能手机更方便。

本来，平民百姓"没有原因不思考"（本雅明），是很正常的事，而且自古如此。但在当今社会，不思考的不只是平民百姓。“精神”在当代社会已被边缘化；或者说，“精神”早已开始慢慢疏远人文科学。这或许是一些哲学家、古典学家或语文学家不愿承认的现实，但我们不得不说：谈论精神，早已是一个极小范围内的奢侈。在高等学府，教学和科研已经很理智地顺从技术的发展，一窝蜂地涌向实用课题或文化产业。文化研究关于身体、性别、政治和异国风情的华丽表演，很符合我们这个时代的口味。大学精神受到以电脑为中心的数据工程的冲击，人们追求的是符号、图像和百分比。早先人文学科所从事的学问，已被浮躁的时代当作可有可无之物。传统的人文科学依托于普遍价值，而当普遍价值衰落时，人文学科的危机也就是很自然的了。

我在这里说的现象，当然不只局限于中国，美国也一样，这是一种世界风气。人文科学的清白之身，遭到功利、世俗、商品和消费的玷污，却显得无可奈何。大洋彼岸的大学教授和校长，早在抱怨文学的衰退和人文学科的萧条，批判不断翻新的理论对传统人文价值的冲击。确实，以“解构”为标志的各种理论和方法，文化研究所热衷的“政治正确”所带来的政治化嗜好，造成美国大学人文教育的严重滑坡。同英语系在美国所面临的危机一样，大学语文在中国的综合性大学越来越被边缘化，其比重和重要性远远低于许多人不愿上、却不得不上的一些课程，这里说的自然不是西方左派知识者所追求的“理论政治”。然而，中美或许有着一个区别：不少美国学者对负面发展耿耿于怀，一有机会就批驳甚至“清算”新潮理论对于人文精神的怀疑；而在我们这里，拿来主义常对质疑和“清算”

一无所知，至少大多数跟风者如此。

七

晚近的文化研究，着力于宽泛的阐释实践，但其研究对象是在具有浓厚社会学意味的“文化”范畴之内，它的花哨和琐碎，往往使其缺乏深度与整体之维。倘若文学研究者把考究语言艺术作品及其“文学性”视为自己的专长，无疑有其优势。此时，文学研究者便把自己同其他研究者区别开来。当然，文学探讨大可不必限制其研究对象，可以专注于自己的核心部分亦即文学研究，也可以在广义文学的意义上拓展自己的研究范围。阅读文学，就是在阅读人生，阅读是同文本中在场和不在场者的对话，陈述和呈现各种经验。不用说，这需要扎实的语文功底和哲学反思的天赋。

世界变化越来越快，随之变化的是判断的有效性。即便文学研究者以为自己的判断永远有效，他也永远有必要与时俱进，而不是先入为主地用固定价值来观察文学体系中的各种现象。为了克服局限性和狭隘性，文学研究理当直面文明发展所带来的变化，回应新媒体等交往技术提出的挑战，并在如下方面有所作为：（一）查考宽广的文本类型，而不只是关注个别作家或单一、狭窄的文本；（二）不受拘束地分析作家和文本，而不是先验地预设，急于对其做出“艺术”和“庸俗”、“永恒”和“短命”的划分；（三）观照文学体系之整体，而不只是文学文本；（四）借助新的技术来把握和分析文本。

文学研究者，亦当为人文主义者，会将学术兴趣和文化兴趣结合起来。也就是说，他不但是一个文化研究者，也是文化建设的积极参与者。伊格尔顿虽然对晚近的文化研究很不满意，但他也有自己的判别标准（《理论之后》）：“文化理论的作用就是提醒传统的左派曾经藐视的东西：艺术、愉悦、性别、权力、性欲、语言、疯狂、欲望、灵性、家庭、躯体、生态系统、无意识、种族、生活方式、霸权。无论任何估量，这都是人类生存很大的一部分。要想忽略这些，目光得相当地短浅。”我们没有理由怨天尤人，也不必为人文精神的失落而沮丧。若是有人提出文学研究之总体走向的问题，我在这个多元时代的回答只能是：走向下里巴人，重回象牙塔。走向下里巴人是我们这个毫无贵族气的时代的需要，重回象牙塔亦即高雅文学是精神的需要。

“吓唬却带着善意”*

受杨慧林、耿幼壮之邀，参加中国人民大学文学院“西方文论”教学团队最近完成的十卷本“人文学科关键词研究丛书”（北京大学出版社，2013）而举办的座谈会，会议主题是“西方文论在中国学术语境的空间和张力”。陈剑澜为《文艺研究》邀稿时的要求是，以座谈会之会题为提示性主题，各自在大题目下做小文章，从自己的视角谈具体问题，在关键问题上不惜笔墨，力求写出深度来。这个看似宽泛的要求，其实亦属“命题作文”，要为这一题旨写下一些文字，并非易事。我的小文章谈论几个由此命题而想到的问题，或曰若干与此相关的现象。有些问题是早就想过的，另有一些是写文章时想到的，并未深思熟虑，因而不敢指望深度。

我所谈论的问题，与文学理论的一般发展和现状有关，但主要不是在“理论之后”从文论内部展开讨论，不完全从学理到学理，而是更多关涉文学理论和研究的生态变化。我所理解的西方学界动向以及文论在其本土的境遇，有些在中国不很突出，有些说法不一定符合中国状况。然而，论说文学理论的空间和张力，离不开世界大势。当然，相似的论题早有不少论述。

---

* 本文原题《文学的位置与批评的空间》，载《文艺研究》2014 年第 3 期，第 10—16 页。行文略有变动。

但是读者将会发现，我谈文论的空间和张力，或者困境和危机，更注重文化和社会因素，同样注重学术上的结构性问题，比如理论与文学、文学与批评的关系，或者批评与研究的关系。我不会、也没有能力回答有些很难回答的问题，只想呈现一些不一定正确的思路。同样，我也没有能力就某些“病症”开药方，更不敢大胆预测。本文的一部分内容，是想在概念和范畴上厘清一些东西，它们显然也与文论的空间和张力有关。

一、文学、理论及其贫瘠的生态环境

20 世纪的西方文学理论，着实令人眼花缭乱，这是一个百家争鸣的时代。从克罗齐到韦勒克、罗兰·巴特和德里达，从卢卡奇到伊格尔顿，这是一个公说公有理、婆说婆有理的时代，谁都想对文学作品做出新的解读。各种理论都是对现代历史困境中文学创作的不同反应形式。它们有其合理成分，可是也充斥着矛盾；它们本身就是社会和语言危机的征候。在这个大环境中，我们能看到一种奇特现象：文学理论的重要性，似乎超过了文学本身；至少是那些大牌理论家，其风光程度并不亚于著名文学家。这也是一种为理论而理论的现象。当代理论之特色，时常旨在证明其自身，试图让人觉得那是自明之理、合情合理。至于理论是否能够用于实践，仿佛是次要的。

这种现象在很大程度上也折射到中国。现今的文学爱好者，面对如此纷繁的文学阐释方法，大有不知所措之感，甚至迷失了通向具体文学作品的路径。有人或许会提出质疑，认为我的这种看法忽视了多元文学理论的益处。当然，我是很赞同多元方法的，只是想要在此强调一个事实：从事文学研究，从未像今天这样民主自由、纷然杂陈，视之为理论过剩或膨胀也不为过。多少年来，时常听到文学理论的死亡之说，或者认为理论大势已去，但是理论还活着，不少学者以其具体研究、特定方法及其成果来显示“理论”。以往的宏大叙事或大理论，被名目繁多的小理论所取代。

几百年来，文学作品的真正读者基本上不会在乎美学、诗学、语言学、心理学等理论中关于文学本质和功能的诸多命题和质疑，他们不会为文学定义或作家意图多费心思。“阅读文学作品，往往是在非常实际的具体关联中，且有着完全不同的目的：修身养性，娱乐散心，逃避现实，寻求慰藉等。也就是说，读者是根据现实生活和生存状况的需求而阅读的。”[1]我还是坚持自己在一篇文章中写下的这一看法。然而用于此处，自有其用意；至少，我的倾向显而易见，这是对理论之功能的怀疑；既不是“反理论”，也不是“后理论”。诚然，文学理论主要是为专门读者或者从事创作的人而写的，但是文论危机亦即它所遭遇的冷眼，是不可否认的事实。何为文论？文论何为？这是不少感到理论疲劳的人会提出的问题。或许只是一种讥刺，发问者不一定对答案感兴趣。

反思文学理论之现状，会有危机感；而危机感不是没有来由的。德国文学理论家、经验主义文学研究的倡导者施密特

1 方维规：《“文学作为社会幻想的试验场”——另一个德国的“接受理论”》，载《外国文学评论》2011 年第 4 期，第 147 页。

（Siegfried J. Schmidt）早在1993年就已宣称，文学研究要么成为文化研究的一部分，要么将被完全边缘化。此说出现在文化研究方兴未艾之时。没过多久，文学理论被各种思潮冲击得支离破碎。不过，整个人文科学也已是危机重重。嗣后，文学研究与文化研究的联姻越来越多，美国的不少比较文学系科更名为比较文化研究；而按照传统划分，文学理论正是比较文学的一个分支（梵·第根、韦勒克：总体文学[1]）。

要谈论当代文学理论，离不开世界经济、政治和文化的总体发展和变化。在这个大环境中，文学和文学研究究竟发生了什么变化呢？我们或许可以从以下三个方面来考察显而易见的变化：

（一）已经发生变化的是文学及其运作的大环境。新的文化生活，尤其是人们对体育、流行歌曲和异国风味的浓厚兴趣，已经剥夺了文学曾经拥有的特权地位。在各种艺术中，文学不再首屈一指。西方曾有一种说法：田径是体育之王，诗亦即文学则是艺术之王。而在当今这个没有贵族气息的世界，在全球化的大潮中，在与（新）媒体文化的角逐中，这两个年事已高的君王不再容光焕发；尤其对于纯文学，公众似乎只有厌倦之情，外部社会需求锐减。如今，文学的影响力每况愈下，人们

1　梵·第根早在20世纪20年代就提出了“总体文学”主张，另参见其《比较文学》中的相关论点（Paul Van Tieghem, *La littérature comparée*, Paris: Armand Colin, 1931）韦勒克和沃伦的比较文学经典之作《文学理论》，探讨跨国理论和方法，依然堪称“总体文学”的代表作，可参见韦勒克和沃伦《文学理论》的第五章《总体文学、比较文学和民族文学》（韦勒克、沃伦：《文学理论》，刘象愚等译，南京：江苏教育出版社，2006年，第40—49页）。

更热衷于体育、音乐、电视、电脑、手机。或者说，文学同时尚、肢体语言、运动等其他符号系统没什么两样。

（二）技术是我们的命运或曰宿命，也通过媒介技术来影响甚至操控文学的发展。文学正面临一个窘境：人们期待它搬出自己的老宅，也就是走出书籍，迁居到新媒体中去。在许多国家，技术浪潮已经吞没图书馆的检索系统，以及不少辞书和百科全书；不少科学期刊已经纯电子化，教科书也在向这个方向发展。很难说文学作品的出版能够躲过这一命运。当今的阅读习惯，已经很能显示人们对电子产品的青睐。所有这些变化缘于信息技术为公众提供了轻松、简单的参与可能性。

（三）传统的文学观念，建立在排他性的基础上；作家也同葡萄酒农一样，坚信自己是独一无二的。因此，文学生活中才会出现文学批评这一重要机制，其任务是甄选和评价。常听人说，19 世纪的俄国文学之所以了不起，在于那个时代拥有大批评家。其实，批评并不能造就伟大的文学，但它能够且应当揭示和阻止劣质作品被看作佳构，或跻身于伟大的文学。毫无疑问，批评具有导向作用（包括误导），对于文学青年来说尤其如此。然而在当今这个花哨的社会，各种文化产品同时并存，人们不再坚守挑选、提炼和升华。轻便地借助遥控器来挑选电视节目，在手机上下载和翻阅趣闻，人们已经无暇根据批评权威的观点去选择和品尝文学作品。

二、文论与批评的尴尬处境

30年来，中国或许比世界上任何一个国家翻译介绍外国文学理论，尤其是西方文学理论都要多得多，我们看到的是一种万花筒景象。西方文论多少年来在中国可谓“得天独厚”，给中国带来文论教学和研究的重大变化，为我们的硕博论文提供了诸多论题。我们不但译介了由于长期闭塞而未曾听说的学说，我们在“补课”之时还及时翻译了不少外国时髦理论，给人众声喧哗之感。我的感觉是，西方文论在中国不但有空间，而且空间很大；但是张力如何，的确不敢恭维。我所理解的张力，是理论的运用可能性，思考方式的改变或引发新的思考方式，否则只是译介而已，是理论的转述。另外，我们常能看到由于译介滞后而出现的一种现象：某一理论在其发源地已被冷落，遭到质疑、抛弃甚至“清算”，我们却如获至宝、津津乐道。对于张力的怀疑，有内外原因，也有语境因素，而最主要的根源在于文论本身的境况。这里说的不只是文论在中国的情形，而是它在世界范围的尴尬处境。

此时，我们必须看到文学理论与文学、文学与文学批评的关系。文学研究或文学理论的一部分声誉，从来就得归功于其研究对象的声誉。评论和解析上乘之作，自然也会给评论文章增添光彩，或者显示其重要性。我不会完全把文学批评看成文学作品的寄生物，但也没有采用德里达的解构主义理论，即文学批评与文学文本没有谁依附谁的关系。他所理解的阅读，不是揭示和阐释作品意义，而是创造意义；文学文本与批评没有主次关系，二者的创新亦无高下之分。常有人问：“为什么要文学？”这里指的当然是纯文学，即高雅文学或严肃文学。提出这个问题的原因是，我们还知道其他那些诸如消遣文学、通俗文学、消费文学的种类。其实，我们无需提出“为什么要文学”这个问题，谁都知道文学为何存在。可是，它的存在意义，已经不同于五十年或一百年前。

文学的当下境况如何呢？令人失望的结论是，文学的整个社会价值和地位在衰落，越来越多的人对文学不感兴趣，这一趋势似乎还将延续很长时间，文学还在继续丧失其重要性。在我们这个时代，得出理查德·罗蒂之“走向文学”的预言，是需要非凡的胆量和想象的：每个时代都有其英雄，文学家乃自由社会或未来时代之英雄。[1]在“理论之后”的沮丧和无奈中，有人提出“回归文学”亦即理论走向文学的主张，并认为已经看到理论界的文学性写作（融汇理论与文学的新型写作），这样可以避免理论之抽象和晦涩难懂的弊病。[2]现在的问题是：人们对于文学的兴趣尚且如此，有何理由相信理论的出路是文学或者文学性思维呢？目前还很难看出这条路是否可行。就当今状况而言，不是文学生活机制或者文学的表现手法阻碍了批评家的精到评论，而是公共领域显然对文学批评不感兴趣。有人或许会说，大众对文学理论和批评从来不感兴趣；我只想补充

1 参见理查德·罗蒂：《偶然、反讽与团结》，徐文瑞译，北京：商务印书馆，2003年，第41页。

2 参见卡勒：《理论中的文学》。（Jonathan Culler, *The Literary in Theory*, Stanford University Press, 2007, p. 5, pp. 36-37）

一句：今日更甚；并且，专家学者也未必有多在乎理论和批评。通俗文学或消遣文学的销售，不取决于批评对之采取的视若无睹的态度或毁灭性评判；而对严肃而艰深的文学作品的赞誉，也不必然有助于对它的接受。无论如何，文学经典和当代杰作之日益微弱的反响，使得文学研究和批评的声誉也必然受到相应折损。理论家和批评家从前享有的荣耀和地位，一直在慢慢逝去。

就西方学术语境而言，一些古老话题正在逐渐隐退，一些理论“死而不僵”或“借尸还魂”，还有一些理论“起死回生”，例如叙事学、精神分析学等。新的元素还在不断渗入文学理论，例如情感研究（the study of affect）、酷儿理论（queer theory）等。若说理论就是思考和推测，或是对思考的思考，那么新近理论的一大特色是对跨学科理念的思考，这便导致跨学科问题和命题的不断提出。而跨学科本身是一种方法，很少拘囿于纯粹的理论。跨学科而又以某个学科为重心，既在其内又在其外，但是边界时常很模糊，这是当今常见现象。文学研究的一些论题，原本似乎与文学毫不相关。然而，文学理论总是身处理论研究的前沿，其他理论也时常会涉及文学。或者说，其他学科的理论常被用来阐释文学，这里有视野融合，也有误解误用。另外，文学研究领域的学者或硕博研究生对西方哲学的兴趣，并不亚于专攻哲学的学者和学生；他们当然明白，哲学是人文学科的知识根基。新近的一些西方理论，基本上不是源于文学研究，却吸引着文学专业的硕博研究生，这或许就是所谓从文学理论转向理论吧。所有这些，都涉及西方文论在中国的空间和张力，无论结论是肯定还是否定的。

三、文学批评的衰变

“文学批评”似乎有足够的理由诉说自己惨淡经营的境遇，而不是自鸣得意。报章短评、读者书评、自我炒作、明星膜拜、追逐时尚等，早就使传统文学批评一再受到威胁。批评家身处自我要求（即批评之品味）与读者期待的角力场中。自我要求缘于批评的理论高度，期待则来自出版社总编和经理，来自作者、同事和读者。文学批评自己设定了一些要求，忽略了有些应有的要求，另有一些强加于它的要求。时代变了，批评也变了。如同大牌批评家难求一样，上乘批评亦不多见。文学批评危机重重，不过它好像时常处在危机之中。同样，围绕批评之现状的争议，或哀怨批评的衰落，仿佛与批评一样悠久。

文学批评能够生存，已经是其功绩所在：它要为公众在新书或再版书中做出选择。不过，大部分图书无需批评家的推荐或诋毁也有其读者。换句话说：在出版社精心策划营销策略与文学生活之高度商业化的时代，即便一部作品遭到非难，出版社亦可能以“颇受争议”之名而成功销售该书。有人把批评家视为文学公共领域之极具影响力的操纵者，另有人则把整个批评行当看作图书市场之多余的、可有可无的摆设，与图书销售量没有多大关系。对于这两种观点，并没有可靠的调查数据为凭证，不同的调查所得出的结论相去甚远。对于文学批评与销售效果之间的关系，迄今还没有系统研究。批评的调节功能，未必见之于对某部作品的态度，而在于选择某部作品这一事实，即所谓“他写我，我才出名”。如此看来，批评的能量并不在于评价本身，更多地见之于筛选和选择：“什么算，什么不算。”

在西方学术用语中，“批评”源于希腊语 *κρίνειν*（krínein），表示“区分”“决定”“判断”等。谁要做出区分和判断，就会努力判别善恶、去伪存真、去粗取精。批评多半是对新近文学（作家和作品）的介绍、评论、诟病或归类。一般而言，文学批评是关于文学的公开交往形式。莱辛无疑是他那个时代之德意志文学批评的奠基者，他所倡导的批评态度，常被看作批评家之最高行为准则：“……对于新手，和气并且恭维；对于大师，带着钦佩怀疑，带着怀疑钦佩；对于俗士，吓唬却带着善意；对于吹嘘者，可以嘲讽。对于心术不正者，尽可能辛辣尖刻。”[1]

在过去的二十多年时间里，文化景观和传媒环境发生了巨大变化：大量出版物与新的大众信息渠道，例如电视或互联网的普及，使社会发生了革命性变化，同时也在根本上重新界定了批评的功能。批评处于时代特征、社会总体条件、参与者的不同角色和个人特点之错综复杂的互动关系之中。因此，考察文学批评，总是意味着解析它的危机与强调其重要性相结合。

50 年前，韦勒克在其论著《文学批评的基本概念》

---

1 《莱辛文集》卷五，“信笺第五十七”，莱比锡：G. J. Göschen，1841，第 586 页。（Gotthold Ephraim Lessing, *Gesammelte Werke*, Bd. 5, Aus den Briefen die neueste Literatur betreffend, Siebenundfünfzigster Brief, Leipzig: G. J. Göschen, 1841.）

（*Concepts of Criticism*，1963）中对文学理论、文学史和文学批评做了区分，同时分析了它们之间的紧密联系。其实，英语和法语中的“文学批评”（literary criticism, critique litteraire），如韦勒克在《现代文学批评史》（*A History of Modern Criticism*，1965）中所强调的那样，亦包括文学理论和诗学。随笔性的文学批评，在英美属于“书评”（Reviews of Books）范畴。研究与批评的连接点，显然在于评判文本的能力，这种能力是文学史家、文学理论家和文学批评家选择和解析文本时必须具备的。

尽管韦勒克认为文学文本的复杂性会使阐释带有模糊性，并且总是体现于评价，但是人们还是能够区分不着边际的阐释与说得过去的阐释。面对新批评的没落，他认为人们可以就如何解读哈姆雷特而争论不休、各执己见，但是肯定不能把哈姆雷特说成女扮男装者。因此，他提出研究者必须重新认识自己的任务，从艺术作品的具体分析与文学研究的成果中提炼出明确的文学理论、原则系统和价值取向。也就是说，他依然深信“本质”和“原则”，以及文学所体现的普遍价值观。在《文学批评的基本概念》中，他区分了他那个时代之文学批评的不同方向：

（1）马克思主义文学批评；

（2）文学的语言和风格批评；

（3）一种新的、注重文本肌理的形式主义；

（4）建立在文化人类学研究与荣格心理学思考基础上的“神话学批评方向”；

（5）一种新的、受到存在主义及其相关世界观影响的哲学化文学批评。

对于文学批评的这种归类，能够让人清楚地看到，批评所得出的结论在很大程度上取决于批评者选取的视角。与之相关，问题的提出，决定批评的方向，往往也决定解释问题的可能方法，并直接影响最终答案。人们还能看到，批评不再是单一视角，而有多种视角。并且，每种视角都认为自己才是至关紧要的。

韦氏《文学批评的基本概念》与《现代文学批评史》问世不久，德里达于1966年在约翰·霍普金斯大学的演讲《人文科学话语中的结构、符号和游戏》，不仅是对本质主义和普遍主义理论的解构，也意味着解构主义的悄然登场。在后来的发展中，新理论、新方法层见叠出，批评的视角也更为丰富。从某种程度上说，理论翻新或所谓“创建”，固然与新的时代格局有关，与人们对“本质”和“真实”概念的厌倦有关；但是同早先的理论一样，女权主义、后殖民理论、流散文化理论、酷儿理论、生态批评等新潮理论，同样是历史困境中的社会和语言危机使然。尽管有些学者为每年都能提出新名词而得意，但是个别仓促而简陋的理论，是不少西方（尤其是英美）左派学者所热衷的“讲政治”或“政治正确”的产物。在伊格尔顿眼里，理论的黄金时代已是遥远的过去，创造那个时代的大理论家也已过世；结构主义、马克思主义、后结构主义等，不再是性感的话题。目前的性感话题就是性。当代文化研究争先恐后地扑向性的主题，活像一个禁欲了半辈子的老光棍。[1] 无疑，这只是文化研究之民粹立场的一个截面。

四、批评与研究的颉颃

亚里士多德是理论家，圣伯夫则是批评家；世存文学批评，亦有文学研究。同文学一样，不管是批评还是研究，假如从业者既不是为自己而写，也不是为读者而写，只是为讨好权贵或某种意识形态而写，那它产生以后便已失去生命，至少是短命的。批评与研究关系密切，前者的一些功能，也得到后者的关注。二者探讨同一对象，却采用不同的方法。在其共有的功能上，两种形式体现出合作与竞争的关系，例如“导向功能”“甄选功能”“推介功能”，以及有助于反思和交流的“启发功能”。然而，批评对文学生产者的“告诫功能”，却是注重史料的文学研究所不具备的；它所分析的作家，多半已经离世。文学研究也没有漫笔或随笔性批评时常具有的“消闲功能”。研究论文之严谨文字与批评家的随笔风格之间隔着一条鸿沟，只有不多的一些人能够跨越这条鸿沟。

尽管许多批评家同时在大学从事教学和研究工作，批评和研究还是有着诸多区别，至少总体上如此。首先从媒介和机制上说，文学研究基本上与大学和学术出版社发生关系，批评则与报纸、刊物、广播、电视或互联网的随笔和文化栏目编辑部

1　参见伊格尔顿：《理论之后》，商正译，北京：商务印书馆，2009 年，第 3—4 页。

打交道。也就是说，二者的区别首先体现在出版媒介上，体现在其发挥作用的场所。这种现象在中国不很明显。其次是专业化程度：研究者一般接受过写论文的科班教育，专业化程度较高。批评家多半也有科班背景，但其批评作业没有或很少受过专门训练。接着是论者与其考察对象的时间距离：文学研究与其论述对象之间的时间距离较长，不像批评那样承受着紧迫感和时效性的压力。不过，这一距离在晚近几十年中逐渐缩短，一些研究者也探讨当下文学。就总体而言，探讨当代中国文学的人，多半从事文学批评。最后还须说到读者：研究者主要是为研究者而写作的，批评则有着更大的读者群。不少读者对文学感兴趣，却不谙研究理路，因而较能接受批评的文风。一篇可能只需三天就能写成的批评文字，往往通俗易懂；而一篇像样的论文，可能需要三个月。

不同读者有其语言习惯，这会见之于不同的语言、描述和表达形式。批评主要采用记叙文体，尤其是书评、作家肖像、采访和随笔，这些文本无须顾及论著形式或格式。这里涉及语言规范和语言行为的角色。批评与研究的写作规范，亦可视之为角色规范。研究者和批评家都是作者，但以不同的角色从事写作。区分文学、批评和研究，也是在区分作者的角色。谁从事写作并发表作品，谁就在扮演一个角色，并知道他人有着特定期待。同一个人有时可以作为研究者，有时作为批评家，有时作为诗人或小说家从事写作，这种角色交替并不鲜见。一些研究者间或也从事批评或文学创作，这并不等于他的写作活动界线的消失，界线是由不同角色及其相应对象给定的。

如果我们进一步考究，还会发现批评与研究之间的其他一些区别，比如批评要比研究的评价空间大得多。批评时常凭直觉或艺术感觉，传播感受胜于传授知识，生动但随意性较强。于是，我们常能看到妙笔生花，但也常见不着调的评说。尽管评价与科学的对立，即所谓不科学的批评或不批评的科学，早就被证明为靠不住的观点，探讨文学时尤其如此，但是批评显然比研究更喜于评价。另外，批评与研究的主要功能也是不同的。批评家在“值得阅读”与“不值得推荐”之间进行选择，研究者同样也在是否值得阅读和流传之间挑拣，可是这种区分形式在研究者那里是次要的。

文学研究与文学批评之间的实际区别，也使二者之间有着极为紧张的关系，这种对立并不亚于时常见之于作家与批评家之间的敌意和伤人之言。查考研究与批评的相互看法，便会发现一些相当稳固的成见：对于研究者来说，文学批评通常是仓促的、肤浅的、主观的；简言之，文学批评是不科学的。而对批评家来说，反应迟钝的文学研究过于学术，不通世情和现状，远离大众和公共领域，缺乏社会影响。除此以外，文学研究的语言过于抽象、艰涩。两种机制长期处于复杂的竞争或曰名誉之争中，带着文人相轻的睥睨和无法说出口的嫉妒。

无论人们如何期望研究与批评的互动，或把二者看作文学生活中的分工形式，二者的区别是不争的事实。纵然存在多种叠合之处，它们各有自己的任务、规则、习惯和活动空间。勾勒二者不可逆的区别，并不是要否定它们相互接近和互惠的可能性。文学批评与文学研究，依托于尽可能广博的文学史和方法论知识，也就是系统知识。尽管批评是不依附于研究的独立机制，但是文学研究成果会有助于文学批评的思考。只有充分认识语言艺术的发展和特性，才能更好地判断和评论一个思潮或一部作品。不用说，批评也可以为研究服务，例如通过挑选和评价新的出版物，或对文学发展的早期预测来启发研究。另外，那些对文学研究感兴趣、而对其术语和理路所知无几的读者，也可能借助精到的批评来获得相关知识。在此，我们能够看到文学生活中的某些运作机制的空间和张力。换言之，理论的空间和张力，在很大程度上取决于文学生活本身。

“书之王”、数字化及其他*

我的报告题目《再论新媒介的能量》很快会让人想到互联网、新媒介、电子文化的能量，这是很自然的。但是，假如谁期待我只论述最新技术发展及其所显示出的威力，那他肯定会感到失望。因为我是更多地从历史的角度考察媒介的发展。对口头文学和手稿文学来说，印刷文学无疑是新媒介，而且能量无穷。就媒介技术的发展所产生的影响而言，今天的状况和历史上的发展有着很多相同之处。我的报告便是沿着这一思路，回顾历史上文学传播的不同阶段，并在这个基础上讨论全球电子互联互通时代的新媒介的发展和能量，而且我将就新媒介的发展状况提出一些问题。

1. 文学生产与文学生活

自有真正的艺术生产，以及生产者和接受者之间可能的和潜在的交流以来，才出现了艺术接受的不同阶段和不同状况。艺术作品的存在方式及其传播形式，取决于社会发展的物质前提；用结构主义语言学的术语来说，渠道或系统的差异导致不

---

* 本文原题《再论新媒介的能量》，是笔者于 2008 年 11 月 14 日在北京市文艺学会学术前沿论坛“新媒介时代的文化嬗变”上所作的主题演讲，原载《社会科学论坛》2009 年第 1 期，第 62—73 页。

同的艺术接受。纵观整个历史发展，口头文学、手稿文学、印刷文学与后起的影视文学或网络文学有着很大的差别。这不仅同叙事形式有关，而且首先涉及实用层面，即作品与接受者的关系以及不同的阐释方法。

在口头文学中，叙事者集作者和作品于一身。接受者（听故事的人）可以见证作品的产生，生产和接受处于同步阶段。从某种程度上说，这个阶段的文学交流同实际生活中的对话相同，面对面（face to face）必然产生相互作用，例如提问、插话、纠正或补充。手稿文学出现之后，文学生产和接受之间拉开了距离；读者可能只是很少一些人，甚至只是一个人。对作者—作品—读者这一交流场域来说，印刷术的发明是一个重大转折。从这个时候开始，“作品”概念便关系到三个不同的层面：一是作品，即作者思想意识的产品（书稿）；二是文本，即思想意识的语言表现形式；三是书籍，即作品的思想和语言之物质形态。尽管这三者之间存在重叠部分，可是它们能够显示不同的行为主体、作用范围和相互关系。

文学的历史发展，本身就存在一个悖论：一方面是技术的发展可以使作品在更大的范围内进行传播，获得更多的读者；另一方面是手稿作品诞生以来，文学生产与接受之间的时空距离越来越大。以欧洲为例 从 15 世纪以后的图书印刷到 19 世纪初期资本主义生产中的图书密集生产，文学生产和传播发生了深刻的变化。作品逐渐异化，最终失去了早先那种生产与接受的紧密关系；作者—作品—读者的交流链条断裂了，文学的生产和接受变成各归各的过程。

在印刷时代，尤其是资本主义生产方式占统治地位之后，作家的作品要到达读者手中，先得服从市场法则，即服从生产和流通的利润意识以及销量等游戏规则。换言之，作品首先得成为商品，成为大众需求品，成为投机的对象。于是，历史上的那种文学生产状况完全变样了。手稿先得送到出版社或者责任编辑手里；当然，这不是每个人都能办到的事情。如果稿子能够交出去，交流只不过局限在初期阶段而已：出版社的反馈，例如同意还是拒绝出版，或者修改稿件的建议，便是作者和作品与出版社编辑这个读者的交流。接受还是拒绝，说到底并不取决于对作品的审美判断，而在于作品的销售可能性，也就是经济因素，至少大部分情况如此。手稿一旦被出版社接受，它便会以书籍的形式进入市场，进入商品流通渠道。可是要赢得读者，作品和读者的关系又涉及另外一些因素，例如图书售价的高低、广告的吸引力等。换句话说，外在因素又以新的形式同精神产品发生瓜葛。同时，文学的传播系统还同文学批评密切相关；欧洲 18 世纪以来作为独立职业发展起来的文学批评，本身就是这一发展过程的产物，对文学生产具有深刻的影响。

口头文学、手稿文学和印刷文学的时代划分，虽然在一些具体问题上不是无懈可击的（例如从一个时代到另一个时代的过渡时期），但是依然不失为一种有用的考察模式，可以让我们在历史观照中更好地勾勒现当代媒介状况的主要特征。我们不必遵循麦克卢汉在《古腾堡银河系：印刷文明的诞生》（1962）这部著作中的思路，即印刷术给书面文化带来的转折才成就了科学中的哥白尼转折。我们知道，手抄文献和手稿文学的广泛传播以及新的知识门类的不断问世，都是极为重要的发展历程。与之相随的是新的艺术形式脱颖而出，已有形式也在快速更新。在很长一段历史时期内，艺术家（歌手、叙述者和演员）的表演实践依托于手稿，后来逐渐成为印刷文本的辅助材料，最终被彻底取代。

19 世纪初期的工业化所带来的新的变化，改变了整个“文学生活”，也就是创作、生产和接受的条件。这里所提供的，是市场化了的文学，是大众消费品。晚近的发展，更加剧了 19 世纪以来的文学分层的深化，例如高雅文学、通俗文学、消遣文学等等。当然，每个人都会做出他对文学的阐释，区分通俗文学和高雅文学、低级趣味和艺术美感。可是有一点是可以肯定的，就像后来的卡通或电子媒介一样，作为新媒介的印刷文学影响了人们的感觉习惯。除高雅文学之外，20 世纪还存在一种不断显示其重要性并广泛传播的文学，在根本上以读者的需求和强调娱乐为指归，这便是顺从个体与社会需求的“消费文学”。[1] 现代“文学生活”首先是由这种文学的生产和消费组成的。

总的说来，印刷术使文学作品得以广泛传播，这基本上可以视为艺术领域内的一个民主化进程。可是其代价是，印刷文学不再像口头文学和手稿文学那样，它的说话对象越来越匿名化。这种状况又反作用于文学生产，而且涉及艺术创造的所有

1　参见凯塞尔：《当代文学生活》，载《当代德国文学》，哥廷根：Vandenhoeck & Ruprecht, 1959 年，　第 5 页。（Kayser, Wolfgang, “Das literarische Leben der Gegenwart”, in: *Deutsche Literatur in unserer Zeit*, Göttingen: Vandenhoeck & Ruprecht, 1959, S. 5-31）

问题：从形象的塑造和情节的编排，或者对现实生活的表现，到叙述手段和艺术类型的选择。另一方面，收集文章或章节结集成书，无疑超出了个人收藏手稿的能量。图书馆聚拢书籍，配以图书检索系统。书名、版次、卷次和页码才使思想的征引和讨论成为可能。图书数量的急剧增长，翻转了人们在口头文化和手稿文化转型时期的担忧：在印刷时代，人们担心的不是信息的流失，而是一种几乎无法驾驭的超负荷现象。

西方人曾把《圣经》称为“书之王”。“书之王”同时也是古代对一部皇皇巨著的想象。电脑和网络能够成为“书之王”吗？数字化媒介会改变文学及其门类吗？对于这些问题，我们今天还不得而知。但我们所讨论的问题的全部意义，或许正取决于这些不大不小的问题。我们可以看到的是，对那些思想贫乏的媒介格式来说，一本优秀的图书或许永远能够傲然挺立。而我们还必须看到的是，文学形式，包括传统的印刷产品，无法避开变化着的文学生产环境和条件，无法避开“Internet”成为全球化的关键词所体现的世界媒介状态。新的文学形式是无法预知的，我们看一下电影、广播和电视的成就便可知道这一点。这些技术媒介都在两个层面上影响了文学生产。它们一方面在内容上运用文学文本、剧本或手稿，也就是说，文学所起的是服务和合作的功能。另一方面，它们在许多方面影响了文学形式的拓展，这些形式出现在多斯·帕索斯（Dos Passos）、福克纳（William Faulkner）、德布林（Alfred Döblin）、贝克特（Samuel Beckett）以及其他许多大作家那里，如今已经成为经典。

2. 新技术和文化工业

如果说19世纪是一个写作和阅读的世纪，那么，20世纪则是一个视听世纪。这不仅表现在实际生活中对信息的获取，而且也体现于不同的艺术。20世纪的新技术促使新的艺术门类的诞生（例如电影，以及电视剧或者卡通之类的混合形式），带动各种艺术的互动和融合。不仅如此，新技术和新媒介首先导致人们的审美感受、感觉习惯和想象力的改变。我们处在一个视听艺术的新时代。物质文化和精神文化的日益融合，一方面使物质文化不断精神化，另一方面是精神产品的物质化。人的审美体验的变化会影响环境，或者反过来说，人在改造环境的时候也在改造自己。在这个时候，物质不但屈从于精神，而且也在改变精神。

我们生活在一个图像超越文字的时代，图像不断驾驭和征服文字。一种由视频媒介主导的意识状态所组成的文化，其感受方式及享受实践必然有别于文字主宰的文化。屏幕阅读的明显缺陷（跳跃性、粗线条、浮躁性），冲击着作为语言艺术之文学的基石。这时，我们想到柏拉图曾经以口唱所取得的成就抵御文本的兴起，或者许多批评家在印刷媒介出现时所表示的愤怒。这种不满和愤怒也出现在互联网时代。我们爱互联网，但是带着很复杂的心情。

新的生产方式、新的发明、新的技术可能性所产生的反作用，不只局限于文学这个艺术生产的局部领域。1928年，也就是在本雅明著名的《可技术复制时代的艺术作品》（1936）发表之前，瓦莱里已经在他的论文《无处不在的攻占》（*La conquête de l'ubiquité*）中，论述了新的技术可能性对整个艺术领域带来的各种后果。瓦莱里认为，在现代社会中，艺术作品的可复制性使之进入我们的日常生活，而且将超越时空、无处不在。这种发展改变了艺术作品本身的地位。也就是说，它们不再是独一无二的作品，哪里有人、哪里有器械，哪里就有它们，例如唱片、广播、收录机以及当代的互联网，把音乐传遍全世界。[1]当然，瓦莱里在写作这篇文章的时候，技术的发展还没有走得这么远。但是瓦莱里坚信，“这些都将发生”。

文化工业显然将以往一切文化都导向大众文化。阿多诺用文化工业概念所描述的现象，是让精英文化失去其革命活力，使之接近大众，却不向大众呈现作品的艺术含量。对阿多诺来说，不丧失艺术作品的精髓，就没有大众文化可言。艺术曾经许诺过的解放思想的功能变成了空想。大众文化具有掌控意识形态的作用，能够大规模地操纵大众意识，现实社会被描写成最好的选择。于是，“愚弄大众”的说法，既指向对艺术的欺骗，也意味着欺骗大众。文化工业意味着工业的主导和垄断地位，其思维特征是技术理性。就本质而言，文化工业所传播的知识不是真理而是技术。在文化工业中，纯粹利润明显高于作品艺术。

1 本雅明有一段相同的描述：复制技术可以把复制品放到原作无法到达的地方，为原作创造了便于大家欣赏的可能性。主教坛离开了它原本的位置，艺术爱好者可以在摄影室里观赏它；大厅里或露天演唱的合唱作品，可以在房间里放着听。（参见本雅明：《可技术复制时代的艺术作品》，《经验与贫乏》，王炳钧、杨劲译，天津：百花文艺出版社，2006 年，第 263 页。）

文化的生产是工业化的，因此，它从以往注重艺术的质量转向系列生产的数量。

文化工业有四种功能：融合、认同、信息、消遣。[1]融合就是效忠现状；认同是将自我意识纳入千篇一律的模式；信息则是延续现存秩序的紧箍咒；“消遣指的是放松和自由，然而不是摆脱某物获得自由，而是自由地贴近某物”[2]。简言之：文化工业消除个人的主体性，认同现状，千篇一律。用阿多诺的话说：“其实，是操纵和具有反作用的需求之间的循环，才使整个体系整合得越来越紧。被隐瞒的是：技术对社会的支配权，是经济强权对社会的统治。今天的技术理性就是统治的理性，这是自我异化的社会的必然特征。汽车、炸弹和电影，在它们同化个性的恶劣本质被彻底揭穿之前，依然会维持着一切。”[3]

3. 互联网的能量

图灵（Alan Turing）在 1937 年发表的奠基性论文《论可计算数及其在判定问题上的应用》中提出了万能机器的设想。在

---

1 参见麦奎尔：《大众传播理论》，伦敦：Sage，1983 年，第 82—83 页。（Denis McQuail, *Mass Communication Theory. An Introduction*, London: Sage 1983, pp. 82-83）

2 布洛赫：《希望原理》，第 478 页。（Ernst Bloch: *Das Prinzip Hoffnung*, Frankfurt: Suhrkamp, 1985）

3 阿多诺：《启蒙辩证法》（1944），《阿多诺文选》卷三，法兰克福：Suhrkamp， 第 142 页。（Theodor W. Adorno, *Dialektik der Aufklärung,* in: *Gesammelte Schriften*, Bd. 3, hrsg. von Rolf Tiedeman et al., Frankfurt: Suhrkamp, 1997）

他看来，每一种现象和每一种可以完整而明确描述的过程，都可以压缩到一台机器之中，从而使所有其他机器变成多余的。谢农（Claude Shannon）出版于1948年的经典论著《信息的数学理论》，把通讯过程完全建立在量化基础之上。他认为信息是一个静态值；信息所把握的东西，无法预知下一个信息。这两个人的理论设想，后来成为数字媒介转向的基础，并在数字化电脑网络中变为现实。对数字化电脑网络本身来说，技术是第一位的，信息的内容甚至传播或获取信息的用户是次要的。

互联网已经成为其他许多媒介的竞争对手。我们只要在互联网中粗略浏览一下就可以知道：几乎所有印刷过的东西，都或多或少而且比较像样地被数字化了。谁想阅读或者打印《莎士比亚全集》或《唐诗三百首》，已经是轻而易举的事情。在很多情况下，在互联网中寻找一篇文章或一段语录，要比在书籍中寻找快得多。书架上的参考书籍不久可能会成为多余的东西，包括传统的图片和音响载体。图书馆的索引也已经进入数字天地，因此能够更有效地被运用。几百年来，反映和描述现实的媒介首先是同图书连在一起的；现在，人们开始走向电子媒介。以前所说的书本知识，不再只是书本的专利。数字化文化对待以往文化的态度，同手稿文化对待其前者的态度一样：它很快占据了主导地位，并同传统媒介所取得的成就建立起关系；它没有取而代之，至少不马上或完全这么做。

文学的和非文学的文本被置入网络，以使很多人能够看到它们。作者在互联网上发表作品，出版社在网上发表可以下载的文本。如果有人以为网络中的文学文本不再是翻页，而是点击链接，这样就可以称之为超文本结构，这当然是一种误会。目前互联网中已经有许多这样的小说和诗词，美其名曰网络文学，其实只是印刷文本的在线版本，还远远不是网络文学。互联网对读者亦即用户的期待是，他是一个主动的、会提问题的、甚至参与写作的人。他应当身临其境，而不是旁观者。交流似乎是所有网络创作的基本元素。然而，交流就足以使相关文本变成文学吗？互联网中究竟有无文学性的东西？我们究竟在哪里可以找到它？什么是数字化文学？

关于文学与互联网的关系，已有不少研究；但是在某种程度上说，人们似乎依然没有完全弄清问题。“不明真相”的原因有两点：一方面或许是对文学本质的问题，至今还没有令人满意的答案；或者说公说公有理、婆说婆有理。另一方面，文学与互联网的关系本身也在不断变化。但是有一点是可以肯定的：互联网对文学产生影响，文学反过来也作用于互联网。电脑时代开始的时候，我们似乎只是拥有了一台高性能的打字机；可是我们今天知道，电脑对文学生产、传播和接受具有很大的影响。然而，尽管互联网是依托于文字的媒介，它迄今还没能代替文学的图书形式。对着电脑屏幕阅读一部厚厚的小说，毕竟不是舒适的事情。一般说来，网络中的文本必须短小精悍，这里的特色是快速和多样。出于这一要求，不同方向的艺术家用电脑、程序和其他技术可能性进行各种试验，一些作家和艺术家试图通过全新的途径叙述故事。

20 世纪 80 年代刚出现“超文本”（hypertext）概念的时候，不少人便期待新的叙述模式、互动性和集体写作（即读者成为作者，参与一部作品的创作）。他们中最大的乐观主义者，甚至预言一种新的文学样式。而悲观主义者则担心经典叙事模式的式微，以及图书媒介所面临的危险。其实，浪漫主义诞生以来我们常能见到这类问题的讨论。常有哲学家和文学理论家提出消除线性叙事模式，将文本与作者分离，给读者以更多的权力，也就是通过读者的理解和阐释来完成作品的整个创作过程。互联网所提供的可能性，似乎使这些设想比以往任何时候更加具体和现实了。在这一不祥之兆中，等待文学的将是什么呢?

历史告诉我们，曾经的主导媒介形式与新形式的共存将是长久的。毫无疑问，就迄今的发展状况而言，印刷文学能够抵御新媒介，可以得益于便捷的网络，但是不会完全变为网络文学。另一方面，互联网确实冲击着文学书籍的意义。1800 年以来的技术媒介（电报、摄影、电话、留声机、收音机、电影、电视、录音机等），提供了获取、储存和传播文本、图片、声音和活动影像的可能性，其中有些媒介成为大众媒体。尽管媒介技术变化惊人，但它还没能颠覆印刷文化的稳固地位。由此看来，新媒介的能量是巨大的，新媒介的能量又是有限的。

“网络文学”是一些人在 20 世纪 90 年代中期提出的一个行动概念，或曰纲领性概念，旨在以此标榜新媒介兴起之时的文学应该担当的角色。IBM 和德国《时代周报》曾在 1996 年发起一个以“Pegasus”命名的文学竞赛，最后拔得头筹的一篇文本是用超链接方法给文本建立起一个自己的网络天地。第二年，评委在递交的参赛作品中没能找到一部令人满意的作品，它们基本上没有出人意料之处，没有充分利用互联网提供的技术可能性。1998 年，这项竞赛的组织者干脆在竞赛标题中去掉了“文学”字样。1999 年，我们没能再看到竞标告示。“Pegasus”只是许多尝试中的一种，试图通过竞赛推动文本形式的突破。可惜，这一切最后都寿终正寝。对网络文学的整个讨论，从根本上说是围绕着如何运用新颖的媒介技术而标新立异。可是人们似乎不久便发现，网络文学既不需要数字化文学，也不需要网络小说。有人认为，不用提出是否存在网络文学的问题。网络由字母和文字组成，本身就是（广义的）文学。发现它的诗性，这是读者的任务。另外有人对之做出限定，认为网络文学也是文学，是网络中为网络而写的文学。

4. 谁是作者?

数字化文学和网络文学的区别是：数字化文学是指印刷文本的数字化制作和储存，传统文本得以在网络中发表；而网络文学则是利用网络的可能性（也许还有电脑的风格特征），运用数字技术和其他技术而进行的文学创作。这里首先讲的是技术，是互动和交流。另外，我们还要看到网络文学同电脑文学的区别：电脑文学指的是依托电脑而存在的文学，不需要互联网，靠 CD 储存就可以发表了。另一种划分是把数字化文学看作一个大概念，下分电脑文学、印刷文本的网络版本以及网络文学。

网络文学以其超文本结构而与印刷文本迥异。目前还很难准确界定网络文学，因为它依然处在童稚期。不同的人对网络文学有不同的界定，网络作者们还在运用已有的技术进行试验。或许，我们本来就不必给网络文学下一个定义，或者说，定义网络文学还为时过早。其实，当下的 Internet/www 中只有两种文学形式：一种是将传统的线性文本输入电子媒介；另一种是网络文学，它利用媒介的多媒体功能，亦可称作“多媒体文学”。也就是说，这种形式不可能完全通过印刷媒介表现出来。

超文本的本质特征是阅读对象的多向链接的可能性，以及链接对象的任意性；它包括所有电脑技术可以描述的媒介符号体系（图画、照片、动画、音频、录像等）。从理论上说，链接后面还有链接，可以不停地链接下去。超文本首先通过下面各种元素同印刷文本区别开来：一是它们有自己的文本单元，叙述不是线性的，而是通过链接来导航；二是读者的角色改变了，他在叙述过程中是主动的读者或听者；三是由文本、图片、音响组合而成的超媒介所创造的新的表达形式，是印刷文本无法比拟的。换言之，它们应该是印刷媒介无法呈现的，确实是一种新颖的文学创作形式。将文本、图片和音响令人信服地整合成超媒介艺术作品，并且从内容到形式都堪称成功的作品，目前看来似乎还只是网络文学奋斗的目标。但是越来越多的人正在创造性地将超文本结构运用于文学。

或许，从一些原创性的博客开始，我们看到了一些新鲜的东西。比如有人写过一篇名为《早餐时的鸡蛋》的文章，把文章里的每一个词同谷歌搜索器链接在一起，可以呈现许多重要的和不重要的信息。这时，就像我们面对许多概念会产生联想一样，《早餐时的鸡蛋》会让人想入非非。澳大利亚网络诗人布雷茨（Mary Ann Breeze，网名 mez）也找到了自己的小天地，也就是“密码艺术”（code art）。她的作品采用一种叫作“Mezangelle Language”的个人语言，把不同的程序编码与英语混合在一起。当然，这种诗作只有在电脑中才有一定的意义。

我们在网络中可以找到一个名为“23 点 40 分”的外国平台，那是一种真正的互动，作为集体记忆的方式。谁都可以在这里发表自己的、标明输入数据库的确切时间的文本。23 点 40 分输入并储存的一个句子，在第二天或者几周之后的同样的时间可以显示于屏幕，这取决于这一特定时间所输入的文本的多寡。也就是说，人们可以为一天中的每一分钟记录一些富有文学性的、个人的经历，成为对这一特定时间的回忆。比如，对 10 点 22 分的一种可能的回忆是：“从窗户往外看去，很是郁闷。奥运过后，又很难在北京看到蓝天白云了。噪音、沙尘和废气扑面而来。”对于这段输入的文字，其他人可以回应，可是回应可能发生在几周之后。换言之，这里是在讲述一个延续的、打破时空界线的故事，一个在 10 点 22 分发生的故事。谁能保证以后不会出版一部众人创作的长篇小说《北京时间 10 点 22 分》呢？

从文本到图像的转移，从印刷文学到超媒介文学的设想和实践，以及互联网中作者和接受者的新的角色，互动和选择所带来的新的审美维度，这些都已经或者还将影响文学的生产。从读者的角度来说，我们要看作品能给他多少导航空间，有多少航标可供他使用，是否存在让他在文本丛林中迷失的危险。就超媒介因素而言，重要的是看其使用的方位、必要性、频次及其效果。它们是否能够组成有机的整体？图片、动画和音乐是否能够丰富作品的含义，或者只是在起破坏作用？

在互联网中，“作者”概念已经发生了很大变化，我想以福柯的一篇文章来讨论这个问题。他在1969年发表的对后结构主义具有重大意义的论文《作者是什么？》中，围绕作者概念的一系列问题展开讨论。其中一个中心问题就是作者作为写作主体的消失，或者说，应该重新思考作者概念，重视作者的作用亦即他对话语的介入。换言之，必须取消主体的创作作用，将之作为复杂多变的话语作用来分析。福柯强调的不是作者，而是作品和写作。按照他的说法，作者的名字只具有分类的功能，人名可以把某类文本连在一起，并以此将它们区别于其他文本。从某种程度上说，名称等同于一种描写；当我们用“亚里士多德”这个人名时，我们是在指一种或一系列属于这个符号的确定描写：“《逻辑分析》的作者”或“本体论的创始者”，等等。福柯在其文章中明确区分了作者和书写者：一封私人信件可以有一个书写者，但它没有作者；一份合同可以有一个担保人，但也没有作者；同样，贴在墙上的匿名文字可以有一个书写者，但没有作者。作者—作用的特征是一个社会中某些特定话语的存在、传播和影响的方式。照此说来，互联网中常常没有“真正的”作者。我们经常会问的问题是（还是用福柯的话说）：“谁是真正的作者？”“我们能证明他的真实性和创造性吗？”人们还会问：“这种话语来自何处，如何流传，由谁支配？”并且，在所有这些问题背后，我们几乎总听到一种无所谓的低语：“谁在说话有什么关系？”我们在互联网中经常能够看到一些署名文章，但是不知出自何处，也不知道发布者究竟改写了没有。在许多情况下，我们不知道某个作者究竟是谁，或者干脆把剽窃来的文章署上“匿名”。尤其是通过互联网和在互联网中，我们可以看到作者概念或者作者—作用的改变。

5. 没有对策，但是做好准备

本次文艺学前沿论坛的主题是研究中国当下新媒介的发展，以及“印刷文化、电子文化、视觉文化等等发生了怎样的变化，从而寻找对策，让我们的文化发展步入良性发展的轨道”。在文化工业占主导地位的时代，我对“寻找对策”永远是悲观的。我不太赞同卢卡奇的一种信念，即只有“马克思主义者能够看到历史之真正的主要因素、发展的主要方向、历史曲线的真正走向，马克思主义者知道它们的公式”[1]。我更倾向于波普尔（Karl Popper）的一种说法：他在《历史主义的贫困》（1961）一书中认为，历史的未来走向或许在很大程度上取决于我们将来的科学认识。我们今天还无法得知明天会有什么样的认识（否则我们今天就已经知道了），因此，我们无法预言历史的走向。至少在涉及互联网亦即新媒介的发展走向问题上，波普尔的观点也许是正确的。我们见到的是一些已经见到、可以解读的发展，或许也能见到一些发展趋势，然而不是必然趋势。因此，寻找

1 卢卡奇：《巴尔扎克与法国现实主义·前言》（1951），《文学社会学论文集》，柏林 / 新维德：Luchterhand，1961 年，第 243 页。（Georg Lukács, *Schriften zur Literatursoziologie*, ausgewählt und eingeleitet von Peter Ludz, Berlin/Neuwied: Luchterhand, 1961）

对策也许是徒劳无用的。

究竟应该如何评价信息时代？它是积极的还是消极的？就连详尽论述信息时代的卡斯特（Manuel Castells）对这个问题也持谨慎态度，他的做法或许是明智的。被很多人看好的“多媒体现实”已经是我们的社会经验的一个部分。至于将来，它可能会因为不同的情形而发挥某些作用，或者发挥另外一些完全相反的作用。卡斯特的鸿篇巨制《信息时代》中的一句常被引用的话是：“我们的社会越来越由网络和我这两端来构成。”当然，这里的网络也在讲人际关系。关于网络和自我的协奏，正是卡斯特分析中最具特色的。他论证说，我们正在走进一个新的时代，也就是信息时代。显然，他是在讨好“信息革命”，可是这个概念首先表现出的是卡斯特理论体系的一个缺陷，他所缺的是历史维度。不过，按照卡斯特的说法，21 世纪不会给大多数人带来信息时代这一“人类历史上最伟大的技术革命”所许诺的一切。我们另外还知道一个很简单的事实：一般说来，每一种可以用技术设备录制或改变的思想，都能够以数字化的形式得到传播。但是也不尽然。艺术发展了一系列阻碍传播的程序，例如雕塑或者建筑。在这里，图纸或设想，结构说明直到最后成品的照相可以数字化，但是采石场、沙漠、沼泽地、森林之路是不能数字化的。

无论如何，网络文学属于一种新的写作和阅读，需要与之相配的阐释方法；要充分考虑这种艺术形式的特点，就不能采用传统的观察方法。本雅明以瓦莱里的《无处不在的攻占》中的一段话作为《可技术复制时代的艺术作品》的首页题词，我想用这段话来结束我的报告：

> 美的艺术的创立及其不同种类的确定，可追溯到一个与当今完全不同的时代。与我们相比，那时的人把握事物及各种关系的能力微不足道。而我们的手段在适应能力和精确度上的惊人发展，为我们展示了在不久的将来彻底改变古希腊罗马之美的艺术的前景。所有的艺术种类都有其物质部分，对这一部分，我们再也不可能像以前那样来观察、对待；它不可能摆脱现代科学及现代实践的影响。近二十年来，无论是物质、空间还是时间，都已不同于以前。如此巨大的变革必将改变各种艺术的所有技术，并以此影响创意本身，最终或许还会魔术般地改变艺术概念。对此，我们必须做好准备。[1]

1　瓦莱里：《无处不在的攻占》，转引自本雅明：《可技术复制时代的艺术作品》，《经验与贫乏》，王炳钧、杨劲译，天津：百花文艺出版社，2006 年，第 259 页。

纯文学的不走运*

我的报告题目是《物质文明与精神文化交汇处的文学》，这首先涉及“文明”和“文化”这两个概念的区分。一百年前，西方思想界有一种观点，认为“文化”是德国精神，“文明”则为法国特色（也包括英美）。德国人对“文明”与“文化”的内在区别早有思考，尤其到了19世纪末期，德语中对两个概念的区分越来越明显：“文明”多半指物质的、外在的、实用的方面，“文化”则指精神的、内在的、道德的方面。

对于欧洲的这场旷日持久的讨论，20世纪20年代的两个中国名人也做出了回应。胡适于1926年发表《我们对于西洋近代文明的态度》一文，开篇便对“文明”和“文化”做出区分：文明是一个民族应付其环境的总成绩，文化则是一种文明所形成的生活方式。同样是北大教授，张申府却不以为然，随即发表《文明或文化》一文，认为没有必要在概念上区分二者：本来，英法是以“文明”自骄，而德国是以“文化”自异的，然而现在，

---

* 本文是北京师范大学文学院和美国《当代世界文学》（*World Literature Today*）杂志社于2008年10月16—18日共同举办的“当代世界文学与中国”国际学术研讨会上的主题演讲，原载张健等主编《全球化时代的世界文学与中国》，北京：中国社会科学出版社，2010年，第220—227页，题为《物质文明与精神文化交汇处的文学——兼论当代中国文学》。

双方的“文明”“文化”概念大体已经一致。

每个时代都有其特定的视野，我不想从今天的立场和认识程度来评判孰是孰非，只想指出胡适对“文明”和“文化”的区分，或多或少来自德国观点；而张申府的见解，更倾向于英法之见。从我的报告题目可以看出，我只是出于论述策略而采用了德国思想界当时那种文化与文明二元对立的看法，并以此来谈论它同文学艺术的关系。

马尔库塞在 1937 年发表长文《文化的肯定性》，强调文化对创造市民社会“精神上的”自由所做出的贡献。他的“文化”概念完全体现出德国那些对文明持悲观态度的观点，即那种精英式的“精神文化”与“纯物质文明”的划分。马尔库塞认为，文化这个价值王国优于文明的发展，超越物质世界。“对个体的需求来说，它反映着普遍的人性；对肉体的痛苦来说，它反映着灵魂的美；对外在的束缚来说，它反映着内在的自由；对赤裸裸的唯我论来说，它反映着美德王国的义务。”他认为美的文化只局限于少数精英：“某些人生来适合从事生活必需品的生产，而另一些人生来适合审美活动。”“当一个国家的大多数成员竭尽一生去从事为提供生活必需品的毫无乐趣的劳作时，只有少数精英才保存着对真、善、美的快感。”马尔库塞的基本立场充满了传统的唯心主义价值模式。在这个价值模式中，真、善、美的快感是最高快感：“在变动中见永恒，在不纯洁中见纯洁，在不自由中见自由。”

晚年马尔库塞于 1964 年在他最有名的论著《单向度的人》中，批判发达工业社会对“希望”和“真理”的背叛。他赞扬现代文学艺术，以其疏远现实、超越现实的审美形式控诉社会。其核心思想直接与霍克海默、阿多诺的《启蒙辩证法》（1947）中关于“文化工业”的篇章相呼应。在霍、阿二人的文化理论中，当代资本主义社会的大众文化，已经堕落为操纵大众意识、扼杀个性和自由的工具。到了马尔库塞这里，后工业时代的人是头脑简单的，被人愚昧化了。

在马尔库塞看来，马克思所看到的工人阶级，也就是能够担当解放全人类重任的那个阶级已经蜕变，丧失了否定性和革命性，不再是历史变革的动因：“发达工业社会中的工人阶级的现实状况，使马克思的‘无产阶级’一词成为一种神化概念。”工人阶级在很大程度上被社会整合了。其融入体制的特征体现于不同层面，主要表现在消费品的增长、生活条件的改善以及大众文化产品的推销，使产品具有思想渗透的操纵功能，促进虚假意识的蔓延。现在，更多社会阶层的人能够享用那些确实不错的产品，进行思想灌输的广告便不再只是广告，而是一种生活方式，一种比以前好得多的生活方式。由此便产生一种单向度的思维和行为模式。在这种模式中，人的观念和愿望及其话语和行为，都受到社会流行观念的制约。换言之，拜物教中的商品，通过广告而获得另一种效应：尽管一种香水的产量不计其数，但是，广告宣传（如“专门为您的”、“贵族的享受”之类）要给购买者一种感觉自己是唯一散发着高贵香气的人，并由此产生“幸福感”，最终，让他似乎为了商品而生活。当个人以为自己同给定的生存相契合、并能得到自我发展和满足时，此类现实便进入异化的更高阶段。《单向度的人》最终成为 1968 年学生造反运动的指导性文献，马尔库塞则成为这场运动的“精神领袖”。从赫尔辛基到布宜诺斯艾利斯，几乎每家学生书店里都陈列着《单向度的人》。

我在这里大段引用马尔库塞的论点，主要为了以此说明当代中国社会及其文化工业。毫无疑问，中国还不是发达工业社会或后工业社会。但不可否认的是，中国已经进入全球化的浪潮。经济的发展，包括目前的金融危机，都在告诉我们，中国已经和世界难以分割。从某种程度上说，跳跃式的发展，使中国从一个农业社会跃入信息社会。也就在这个时候，我们不得不问，马尔库塞所说的“单向度的人”是否存在于中国？回答是肯定的。我们所见到的彻头彻尾的物质化和金钱化，似乎并不亚于西方社会。有人说，中国人比西方人更注重实际、更功利；我不知道这种说法是否符合实际情况。

我想以此进入“物质文明与精神文化交汇处的文学”这个话题。在这之前，我还必须简单说一下人与文学艺术的关系，也就是接受者与艺术作品的关系。对此，我们既可以从作品的角度进行考察，也可以从读者的立场出发阐释作品；或者，以互动理论探讨文学与接受的关系，以及它们的相互影响。

对文学作品可以进行不同的阐释，或者说，不同的接受者对作品内涵的认识可以相去甚远。关于“人与文学”这个极为宽泛的论题，已有不计其数的论述。尤其是在 20 世纪，西方文论阐释作品与读者关系的途径，令人眼花缭乱。我在这里只想对三种方向做一个扼要的归纳：

第一种途径见于俄国形式主义，雅各布森和布拉格结构主义，洛特曼和塔尔图学派，罗兰·巴特和法国新批评，翁贝托·艾柯和符号学。在他们看来，作品同接受者的关系，取决于文本的结构，以及文学语言在运用中的特殊功能。

第二种途径见于现象学研究。对胡塞尔的学生英伽登来说，高雅文学所“创造”的，纯粹是意向性的东西，其含义并不是明明白白地放在那里的，而是要由读者去想象和建构的。由此，读者成了主动的一方。（《文学的艺术作品》，1931 年）

第三种途径见于姚斯为代表的接受美学。在接受美学中，作品和接受者的关系完全成了一种对话关系。在这里，接受者以往的文学体验，及其他对文学作品的期待，不仅对对话能否兑现至关重要，而且还反过来对作家的文学创作产生影响。换句话说，这里说的是一种互动关系。

同我的报告内容有关的，是第三种阐释途径。一个国家或一个时代能否出现伟大的作品，无疑取决于天才作家，但是，它也取决于创作的社会环境。在此，我想谈谈自己对当今中国文学，尤其是纯文学的粗浅看法。精神的物质化和文化的沙漠化，不但影响纯文学的传播和接受，也反过来影响文学创作本身。

我们先从图书市场说起，这里不只涉及纯文学。有些书的出版要付出版费；有些书的出版能赚钱，而且能赚大钱。要付出版费的书，尤其是专业书籍，往往需要多年的研究和写作。而能够赚大钱的书，或许一两个月就能写成。专著需要出版费，高雅文学发行量不大，这并不新鲜，东西方都一样。然而，三流书籍、“心灵鸡汤”如此壮观，这是一个社会的悲哀。

我们再以电视剧为例。我的直觉是，我们的电影剧本作家已经没有能力创作一部一个半小时至两个小时的电影，因为创作一部高水平的电影剧作，不是一件容易的事。请允许我夸张一点说（或者并非夸张），中国电视里五十集、八十集的连续剧，超过了世界上任何一个国家。我想，这里的一个重要原因是资本在起作用。收视率的基础是观众，或者更准确地说，是观众的品味。艺术的大众参与和消费，影响或规定了艺术的发展方向和生产方式。用接受美学的理论说，是大众的期待在起作用。大众文化所要提供的是娱乐和消遣。我不反对“艺术就是要提供消遣”的说法。然而，艺术专供消遣？“心灵鸡汤”和三流连续剧所设定的受众是谁呢？用本雅明的说法，它们面向那些“没有原因不思考”的人，亦即大众。

本雅明在他的名文《作为生产者的作家》（1934）中指出，艺术创作如同物质生产，艺术家如同生产者，艺术品就是商品，整个文化活动领域就是一个市场。这种状况也出现在当今中国的市场经济。我不想就顾彬先生的见解展开讨论，即1949年之前的中国现代文学是五粮液，而这以后的文学是二锅头。我只想说，当今中国似乎没有产生纯文学的良好条件。中国的专业作家制度确实让西方作家眼馋，政府对文学的重视和投入也是世界上少见的；但是，我们的创作水平是否专业呢？对于这个问题，各人会有不同的回答。另一方面，西方作家也应当庆幸，他们不隶属于某种文学体制。

当今纯文学的不走运和困境，并不只在中国。但是，我们处在特困时期。如果我们回想一下人们在20世纪80年代对文学和思想的那股热情，我们不得不说，今天的景象是惨淡的。

这不是一个文学的时代，这是超女超男的时代。20 世纪 80 年代的纯文学作品不见得比今天的高明多少，其形式和内容也没有今天丰富，然而它们至少得到了广泛的关注，而且能打动人心。当时，甚至有人会像一百年前的梁启超和鲁迅那样，天真地以为文学能够经世救国。而今天，人们似乎已经兴味索然。或者，我们常能看到狂欢和恶搞，看到利益化和娱乐化。谁不相信这一点，可以看一下电视台的节目。

到文学院上学的学生人数可以越来越多，这和对文学的兴趣没有必然联系。同样，20 世纪 80 年代每年出版的长篇小说只有几十部，如今每年大概有两千部左右，而且还有纯文学期刊将近二百种，这与文学水平的高下也没有必然联系。还有，现今译成外语的中国文学作品比 20 世纪 80 年代多得多，这也不能说明中国文学已经达到很高水平；这是全球化经济生活中的必然现象，因为图书也是商品。

我赞成陈晓明先生去年在我们文学院的一次座谈会上所说的观点，也就是“文学的枯竭”。当然，他所说的是纯文学的枯竭，是思想原创力的枯竭。另一方面，其他有些现象却很热闹。前些年有一个木子美现象，木子美想写什么是她的自由，这种情况也不是中国独有。但是木子美现象或其他一些“下半身”写作成为现象，那就不得不在我们的文学生活中寻找原因，在精神的物质化和文化的沙漠化中寻找原因，在作者和读者的精神贫困中寻找原因。我在这里告诉大家一个不是每个人都知道的信息：木子美于 2004 年获得“德国之声”第一届国际最佳博客头等奖，评委都是来自不同国家的专家。媒体的报道是：

中国拔得头筹。

我们的纯文学创作究竟如何呢？就总体而言，现今的文学作品与中国人现实生存的脱节是一个明显现象（我这里说的是纯文学，不是打工文学）。我们所看到的“脱节”，并不是阿多诺所说的那种高雅的脱节，那种“艺术的社会性偏离”。阿多诺的基本出发点是，现代的伟大艺术总是与社会相抵牾的，现代艺术的本质及其社会职能，正在于其与世界的对立，体现于“反世界”（Anti-Welt）的倾向。在阿多诺看来，艺术就其本质而言，是对市民社会之内在的、精神上的否定。于是，艺术作品借助其自在的审美能量，脱离直接的、真实的生活语境，不依赖艺术创造的物质前提，成为纯粹精神的、高层次的东西。诗与真实生活保持距离，恰恰来自对虚假丑陋之生活的度量。作为抗议，诗呈现着别样的世界的梦。马尔库塞在解释阿多诺的“艺术自律”时说：“艺术自律以一种极端的形式，即以不和解、疏远化的形式，证明着艺术自身的存在。”说得很好，但是谈何容易。要做到这些，需要思想。有人说，当今的中国作家正日益丧失思考能力，我认为不能说得这么绝对。我想，很多优秀作家都是有能力思考的。但是，体现原创性思考的作品确实不多，能够打动人心的思考也很罕见。

前些天，法国新寓言派作家克莱齐奥（J.-M.G. Le Clézio）获得诺贝尔文学奖。每年的这个时候，都是中国人热烈讨论中国人该不该得、该不该在乎诺贝尔文学奖的时候。这次，著名诗人余光中很不以为然地说，诺贝尔文学奖是西方人的文学奖：“我觉得如果把世界上的作家分为两种，一种是得过诺贝尔文学奖的，另一种是没得过诺贝尔文学奖的，我宁愿参加后一组。因为后一组中伟大的作家很多很多，绝对超过得诺贝尔文学奖的一组。莎士比亚、托尔斯泰、狄更斯和马克·吐温，都没得过这个奖，所以得奖作家也没这么值得注意，我觉得不必跟着瑞典人起舞！”我基本上赞同余光中把诺贝尔文学奖看作西方人的文学奖，但是我们也必须看到，第三世界国家的作品近些年不断获得这一大奖。我也赞成他说的有思想、有水平的作家人数大大超过诺贝尔奖得主，而且我还可以加上普鲁斯特、乔伊斯、卡夫卡、布莱希特等具有划时代意义的作家，另外还有一长串人名。而我的问题是，我们的作家能不能同那些没有得到诺贝尔文学奖的人相比呢？肯定不能。昆德拉几次都呼声很高，可是到现在还没得奖呢。

被顾彬誉为五粮液的中国现代文学中有一个伟大的作家，他叫鲁迅。我下面讲的这个故事是很多人都知道的：瑞典人曾打算提名鲁迅为诺贝尔文学奖候选人，而鲁迅则说自己“不配”。他在 1927 年 9 月 25 日致台静农的信中说：“诺贝尔赏金，梁启超自然不配，我也不配，要拿这钱，还欠努力。……我觉得中国实在还没有可得诺贝尔赏金的人，瑞典最好不要理我们，谁也不给。倘因为黄色脸皮人，格外优待从宽，反足以长中国人的虚荣心，以为真可与别国大作家比肩了，结果将很坏。”怎么才能同大作家比肩呢？当然有许多因素。但至少有两点是应该具备的。

一是语言。20 世纪的不少文学理论名著，冠名“语言的艺术”，也许不是没有道理的。语言的艺术见之于诺贝尔奖得主，也见之于普鲁斯特或布莱希特。我这里所说的语言，不只是通顺的句子，甚至不只是很美的叙述，文学语言的高超运用是多方面的。

二是思想。按照亚里士多德的说法，文学的哲理远远超出历史叙述。

写作的自律*

《文艺研究》创刊四十周年之际，编辑部同仁邀稿，主题是“《文艺研究》与我的学术写作”。此时唯有光阴荏苒之感，我同《文艺研究》的联系可追溯至1985年，当时我是北外德语系的研究生。德国外教请我把她提交“中国比较文学学会成立大会暨首届学术讨论会”的论文译成中文，发表在《文艺研究》1986年第1期上。为这篇译文，我还去过《文艺研究》编辑部，记得是在还未对外开放的恭王府内。译事完成不久便出国了，一走就是二十年。回国以后，见《文艺研究》刊名字样依旧，而我从当初的译者变成作者。后来这些年，因稿件与责任编辑之间愉快的邮件来往而外，细想起来也没什么可多写的。我想还是抛开自己的学术写作，借机说一个早就想说的话题，和学术有关，和写作有关，也和文艺有关，权当是此类纪念会上的闲聊。

当今中国高校里弥漫着一种困惑，甚至“折磨”：学生被学位论文困扰，教师则因各种课题而担忧，至少在人文社会学科中多半如此，而且这种状况有些年头了。困惑也好，折磨也罢，主要是说那些确实想做好论文的学生，想圆满完成课题研究的

* 原载金宁主编《〈文艺研究〉与我的学术写作》，北京：文化艺术出版社，2019年，第66—71页。

教师。而最终目的为了“过关”的人，委实不在少数。如果我的观察没出很大差错的话，大部分课题成果与先前申请书中的“志向”相去甚远。究其主要原因，或许是申请课题时“动机不纯”，不是为学术而学术，而是为了评职称和晋级，为了沽名钓誉，或者纯粹为了拿到“科研”经费。真正按照申报方案完成任务的，好像不占多数。将申请书中的攻关“重点”和诸多“创新点”与最终成果相对照，不难看出这些问题。在行的人知道，申请书中的不少“花言巧语”，是为得到项目而写的，或许还得通过点关系。关键是能得到项目，能否完成则是以后的事，写得像样一点已经不错了。至于硕博论文，可以见到自评表中的“不足之处”。既然知道不足，为何明知故犯呢？理由往往是“时间有限”，有待以后改进。不用说，以后也就没人管了。

我在辅导学生的硕博论文开题时，基本上要求学生就相关论题收集足够的资料，有一个大概思路和写作方案。“先写了再说吧，写的时候再做必要调整。至于结果如何，写完以后才知道。”我知道这种指导方式不很高明，甚至有点虚无主义的味道，但或许不是完全没有道理，也不是放任自流，让学生写到哪里算哪里。其实，我所说的写作“流程”，恐怕是所有从事写作的人都有的经验。如果你早就知道所要写的一切，似乎也就没有写的必要了。什么都知道了，或许正是他人写过的东西，你只能炒炒冷饭而已，通过东拼西凑来巧妙地抄袭。我不排除你有思想，但是思想会在写作中变化，灵感会催生出你从未有过的思想。这就是这篇短文要说的话题，即写作本身的规律。其原因是作品有其自我生命，而且很任性。因此，本文也可取名为“艺术的任性”。言之为艺术，不仅因为写作也是一种艺术，更在于我主要想从世界文学史中的一些创作故事来说这个问题。

一般而言，人们往往以为作者能够驾驭自己的写作，决定作品的篇幅，了解其关键所在，也知道其中蕴含的一切。实际情形并非如此。许多作家的创作，可用海涅的话来说：没有一个织工完全了解自己纺织的东西。伽达默尔在《真理与方法》中说：“创造某一作品的艺术家，并不是这一作品的理想解释者。艺术家作为解释者，并不比广大接受者有更大的权威性。”

瑞典女作家拉格洛芙的第一部长篇小说《贝林的故事》（1891），起初并未得到评论界的好评，但是该著的丹麦文译本受到著名文学批评家勃兰兑斯的赏识，使她一举成名。拉格洛芙有一次对托马斯·曼说起这部畅销书的成因：“这是我为年幼的侄子和侄女写的，同其他消遣读物没有两样。我曾思忖，这本书很可以用来逗乐。”托马斯·曼也向她讲述了自己的长篇小说《布登勃洛克一家》是如何诞生的。这部作品原来也是为让家人消遣而写的，书中有些段落曾让家人笑出泪来。拉格洛芙和托马斯·曼在写作时都没预感到这两部作品的艺术成就及其重要性，并在日后给他们带来诺贝尔文学奖。拉格洛芙还是历史上第一位获得诺奖的女作家（1909）；五年以后，她又成为瑞典皇家学院第一位女院士，每年参与诺贝尔文学奖的评选。

托马斯·曼曾说过艺术作品之奇特的“任性”，连作家的意志也对付不了它。一部将要诞生的作品，尽管其思想内容多半已有端倪，但思想在写作过程中的兑现，却往往出乎作者的意料，甚至让他吃惊。《布登勃洛克一家》原计划只有二百五十页左右，只想讲述作者感兴趣的托马斯·布登勃洛克和他儿子汉诺的故事，其他故事只是背景而已。可是，这些背景故事最后却自成一体，其结果是一部两卷本巨著的问世，成为布登勃洛克一家四代从兴盛到衰落的编年史，同时也展示出19世纪30年代至70年代德国社会生活的广阔场景。同样，中篇小说《死于威尼斯》，原计划是为一家文学杂志写作的短篇小说，但是故事情节任性地超出了原有框架。长篇小说《魔山》的创作也是同样情形：原先构思的只是一篇幽默短篇小说，最后成就了一部两卷本的长篇成长小说。取材于圣经故事的洋洋百万言长篇巨著《约瑟和他的兄弟们》（四部曲），断断续续写了十六年之久，而原定篇幅只与中篇小说《死于威尼斯》相差无几。托马斯·曼在《歌德与托尔斯泰》一文中说，艺术家是后来才惊讶地发现自己多么有教养、多么会写作、多么有思想。

在写作过程中改变构思、改变结构和篇幅的例子，在世界文学中数不胜数，许多作家都能讲述改变原来创作方案的写作故事。在中国现代文学史中，巴金的创作是很多人都知道的：《家》写成于1931年。作者后来又根据《家》的情节线索，先后写成《春》（1938）和《秋》（1940），合称为《激流三部曲》。这三篇分而独立、合为一体的长篇系列小说，并不是事先设定的，没有总体构思，写作时间的间隔也很长。中篇小说《憩园》竣稿于1944年5月，而作者在1941年前后酝酿此作时，试图写成《激流三部曲》的续篇《冬》，重点讲述纨绔子弟在大家庭崩溃后的结局。然而，目睹现实生活中的新贵和暴发户如何在寄生生活中糜烂，促使巴金改变他原来所要表达的主题，将《憩园》的批判锋芒指向腐朽的寄生生活，以及福荫后代、长宜子孙的传统思想。另外，不仅作品会体现出违背作者意图的任性，作品中的人物也时常有着自在的生命，从而“规定”了作者的叙说路径和手法。青年时代的巴金，同他所崇拜的屠格涅夫一样，常常不是预先设定小说结构，而是让小说人物的行动来铺陈结构，作家的笔跟着情节和人物行为往前走。

如果越出文学史范畴，艺术作品之“任性”的一个典型事例，是德国大作曲家瓦格纳的《尼伯龙根的指环》。他原先只打算写作关于齐格弗里德之死的《诸神的黄昏》，后来觉得这部歌剧搬上舞台不易被观众理解，应该做些背景交代，这需要另一部歌剧来完成；而这另一部歌剧也只能是序曲，所以还需要一部作品来解难。于是，他又创作了《齐格弗里德》和《女武神》。然而，在天界、人间、水下演绎出的惊天动地的大悲剧，是由代表财富的黄金和代表权势的指环引起的。最后，还得追溯到最初争夺黄金的故事，这就产生了《莱茵河黄金》。这部由四部歌剧组成的大型乐剧，整个创作历时二十六年。

托马斯·曼似乎很相信作品的任性，多次谈起这个话题。并且，他认为可对此做出心理上的解释。他曾说及创作时的自我欺骗，而且是必要的欺骗。作者要是事先就知道写作一部作品的所有可能性和所有困难，那他可能会望而却步，甚至没有勇气动笔：“一部作品时常有着自己的抱负，这一抱负可能远远超过作者的抱负，这当然不是坏事。抱负不应是人的抱负，不应先作品而在；应由作品本身生发抱负、逼出抱负。我相信

伟大的作品就是这么产生的，而非缘于事先立志写作伟大作品的抱负。”（《生平简述》，1930 年）

在此，我们还能想到普鲁斯特的《追忆似水年华》。要是作者事先知道他的作品将是一部三千三百多页的七卷本系列小说，没准早就放弃了。不错，普鲁斯特确实很有抱负：由于严重的哮喘病，他在生命的最后十五年里几乎足不出户，明白自己痼疾难愈，立志写成一部不同凡响的特殊作品。并且，从 1906 年动笔，到 1913 年第一部《斯万之家》完稿，《追忆逝水年华》的整个轮廓已定，计划中的作品是一部极其庞大的多卷本小说。尽管如此，那终究只是布局和轮廓而已。即便他在用整个生命进行写作，即便几乎躺在床上，在密不透风的房间内书写，他也无法保证完成这部鸿篇巨制。他最终能在逝世前全部写完这部伟大小说，那是幸运。而他耗时十五六年夜以继日地写作，写成七大卷的巨型小说，或许正是托马斯·曼所说的作品本身生发和逼出的抱负。我们知道，《追忆逝水年华》改变了传统的小说观念，革新了小说题材和写作技巧。一个浸泡过茶水的玛德琳蛋糕，勾起尘封的往事，三十多岁的普鲁斯特开始追索记忆，而记忆是无法设计的，想到哪里是哪里。文学创作中的这一新的尝试，使该作成了开意识流小说之先河的伟大作品。

《追忆逝水年华》的最后几卷是在作者死后发表的，他没能看到全部作品的刊行，但他无疑坚信自己的天才之作所取得的成就，作品第二部《在少女花影下》因获得龚古尔文学奖而早已使他成名。一些西方评论家把《追忆逝水年华》与巴尔扎克的“人间喜剧”相提并论，称之为“风流喜剧”。不过，在世界文学史中，并非所有作家都能准确评判自己的作品，常有出乎作者意料的事情发生。我在这里首先想到的，是被看作现代派文学鼻祖的卡夫卡。他在生前虽然发表过作品，但是毫无名气；执着地追求写作的艺术，却认为自己没有成功。他因而立下遗嘱，请求挚友布罗德在他死后，把他的手稿以及书信、日记、散页文字全部焚毁。布罗德没有这么做。这善意的背叛，才使卡夫卡成为西方现代派文学之父。

即便是伟大的作家，也时常会误判自己的作品，其评价完全不被同时代人或后来人所认可。晚年歌德在写完长篇小说《亲合力》之后，对自己的新作很不满意；是其他人的赞誉，才让他认识到自己创作了一部难得的杰作。恩格斯曾视席勒的剧作《强盗》为“暴君见了定要焚毁的书”，而席勒本人曾说这一剧本几乎无法上演，甚至称不上剧作，而是戏剧性小说。同样，他曾把《唐·卡洛斯》看作戏剧性诗文，只适合于阅读，不宜搬上舞台。这部剧作在五年的创作过程中，形式和内容都发生了变化，由散文诗改为韵文，由宫廷爱情悲剧发展为政治悲剧。作者本人以为无法上演的上述两部剧作，演出时盛况空前。与此相同，席勒认为根本无法上演的《奥尔良的姑娘》在莱比锡的公演取得巨大成功，令他终生难忘。同样在这里，艺术作品的“任性”尽显无遗。

作家如何误判自己的作品，亦见于托尔斯泰对《安娜·卡列尼娜》的看法：他一直以为这部作品写得很糟糕，在创作过程中曾十多次将手稿弃于一旁，最终完稿以后也很不称心。可是这部把 19 世纪批判现实主义推向高峰的作品，被陀思妥耶夫斯基誉为“尽善尽美的艺术杰作，现代欧洲文学中没有哪部同类作品能够与之媲美”！正是《安娜·卡列尼娜》这部俄国社会百科全书式的作品和安娜形象之不朽的艺术生命力，可以让人看到艺术作品的“任性”：一方面，从构思到动笔再到定稿的七年过程中，小说重心发生了巨大转移，安娜形象由最初构思中的上流社会卖弄风情、趣味低级的失足女人，被改写成品格高雅、追求真爱的叛逆女性。另一方面，这部作品先后有过十二次大的改动，废弃的手稿高度达一米有余，该书是被执着地改出来的。作品的“任性”催生出作家的“执拗”。当然，不管是普鲁斯特还是托尔斯泰，作品的“任性”是与作者的意图、智慧和毅力相辅相成的。

行文至此，我们再回到文章开头所说的中国学界大大小小的课题。乍一看，这里似乎是将两个不相干的话题放在一起，其实不然。虽然撰写论著与文学创作有着很大区别，但是就写作而言，它们的共同点也是显而易见的：文学创作中的架构安排，写作策略和遣词造句，尤其是本文重点谈论的作品之“任性”，即写作过程中出现的内在逻辑引发的思路变化和重心转移，以及篇幅长短的变化等，都是论文写作中的常见现象。此乃写作的应有之义。有些变化是难以料想的，不少思想是无法事先设定的。如果撰写论文也是一门艺术的话，其难度并不亚于文学创作，“十年磨一剑，霜刃未曾试”也是正常之事。而我们的课题研究，必须在申请书中写上“完成时间”及“研究进度”。多少人是真正按部就班地完成项目的呢？还有不少课题拟突破的重点以及主要创新之处，到头来只被证实为“一厢情愿”，如同比比皆是的垃圾文学一样。

从某种意义上说，所谓课题设想和写作大纲，是在有意无意中欺骗自己，也在欺骗他人（比如课题评委）。于是乎，设想只是“权宜之计”者有之，根据计划写不下去者有之，做出重大调整者有之，远离预期目标者有之，草草收场者有之，成果非驴非马者有之……为什么？这是规律！规定两年或三年时间完成课题，似乎不是学术研究的正道，因为它违反规律。所谓作品本身的抱负及其任性，是说课题本身有东西可写，且有发展潜力；而貌似可写，并不等于可写，不等于能够出新。于是，成果可能篇幅可观，甚至是系列丛书，并且装帧很美，但是未必精彩，未必真有意义，未必真知灼见。唯一的好处是，履历表中又多了一项“成果”，所在单位也能在相关评估中沾光。

中国翻译重灾区*

本人前不久在台湾讲学，喝茶聊天时，自然少不了谈论学术。有一次，同仁调侃地罗列了大陆的几部大的“复印机”。此话怎讲？听完解释才恍然大悟。复印机是指有些学者教授，其实无多建树，拿不出多少自己的东西。他们的最大贡献就是复印了不少西洋材料，翻译了不少名作，复制了不少思想。所谓大复印机，是说他们已经很有名气，甚至成了谈论某些西方理论的“一方诸侯”。复印机之说用的是不屑一顾的口气，其揶揄味道是很浓的。

起初，我觉得复印机之说过于刻薄，后来得知这在台湾不是一家之言，或许言之有理？笔者对复印机之说至今还持保留态度，复印毕竟缘于好学。然而，本文所关注的是那些劣质复印机，会窜改、会歪曲的复印机。这里谈论的主要是西方理论著作在中国的翻译问题，也就是翻译实践问题，而不是从翻译理论谈论误译、错译等问题。一般而言，学术论著多半使用纯理语言，其翻译大大难于小说翻译，疏漏或许在所难免。我要谈论的是目不暇接的讹误而不是疏漏，因此才有“重灾区”之说。当然，我也必须对“重灾区”做一个界定：这里说的不是整个

* 原载《中国图书评论》2011年第10期，第99—103页。

理论翻译领域惨不忍睹，而是说这里问题特多，积重难返。

20 世纪 80 年代“文化热”以来，中国的西书翻译处于“大跃进”时期。如果我说，中国三十年来比世界上任何一个国家翻译介绍外国人文社会科学理论都要多得多，应该是没有问题的。如果我说，当代中国的大学生、硕士和博士研究生对西方各种学说的了解程度，远远超过西方的大学在校生，应该也是没有问题的。可是，如果我说不少西方理论著作的中文译本存在很大问题，其粗制滥造的程度是世界上绝无仅有的，这只是我个人的感受，或许也没有多大问题。当然，做过翻译的人都会知道译事之难，尤其是学术著作的翻译。要做到百分之百的准确翻译，几乎是不可能的，有时只能做到尽量贴近原文。我是一向强调不同语言之间的隔阂的，也就是不少表述的“不可译性”。不少语言“神韵”，只有在原文中才能让人心领神会。然而，我们肯定不会因噎废食，或者说，复印机本身并没有什么坏处，翻译应该说是很重要的，这是文化交流的需要。没有诸多译介之作，我们对许多理论肯定还一无所知。

在考察“灾情”之前，我必须声明，那么多人的辛勤耕耘和译介之功是不可抹杀的，我没有打击一大片的意思。相反，我甚至要说新近的中国书市上很有一些值得称道的优秀译作，它们出自一些名不见经传的译者，而不是那些以多取胜的名牌复印机。中国近三十年翻译西方理论著作，在 20 世纪 90 年代多于 80 年代，新世纪十年中的译作多于前二十年。谁都知道“在普及的基础上提高”；在一望无际的译作中，总会有些不错的翻译。起初，刚从竹帘深垂、孤芳自赏之境走出来的中国学界，主要译介了由于长期与外界隔绝而被耽误的学说；嗣后，饥不择食者逐渐赶上了时代的步伐，几乎译介了所有外国时髦理论，并且，翻译势头似乎越来越猛。对一些译者来说，关键是要抢在别人前头，那他就是带头人。还有什么我们不知道的外国理论呢？有些外国理论家在中国的名气要比在其祖国大得多。没办法，中国人多。

我们自以为翻译了名家论著，接受了不少“西洋奇器”，并成就了一些专家，不少人可以在自己的学术履历中多写一笔。然而可悲的是，当一切已成往事、已被写进我们的接受史后，平心而论，有些理论其实从来没被真正弄懂吃透！这就是事实，这就是我们这个浮躁的时代。本人近期有幸见识了一部西方名著的中译本，或曰“天书”：30%完全错译，30%不得要领，剩下的40%则因为那60%而无法真正理解。我不得不说，不少外国好文章、好书遭到汉译的强暴。这么说事太伤人，本该拿出证据；不过，拿出证据更伤人。鉴于中国的批评环境，只得“对事不对人”了；有时“对事”也不能明确举例，因为在行的读者马上就会知道译者姓甚名谁。但我必须说明的是，本文所说的现象，都是我在近期教学和研究中碰到过的问题。因为这篇小文篇幅有限，还有许多问题无法一一列举。当然，前面所说的那么高百分比的错误率并不多见。然而，要遇见10%错误率的译文是不需要多大运气的，而这10%足以折磨读者。

关于中国翻译的乱象，本雅明“光晕”（Aura）概念的汉译便是一个例子，其译法有韵味、光晕、灵气、灵氛、灵韵、灵光、辉光、光彩、气息、气韵、神韵、神晕、氛围、魔法等，好像是在让读者猜谜。诚然，这里存在对一个概念的不同领会问题，不同译名之间的竞争是很正常的，但也不能如此“自由竞争”吧。尽管这是一个较为极端的例子，但是概念的胡乱翻译是很常见的。不可否认，西洋理论著作各有不同，有些深入浅出，文字简明；有些才思横溢，文辞奥博，连名家本土说母语者也望而生畏（比如阿多诺，本雅明更是如此）。《否定的辩证法》一书的英译者阿什顿认为，你要理解阿多诺，就必须理解康德、黑格尔、马克思和恩格斯，此外还有柏格森、胡塞尔、席勒、本雅明、贝克特、勋伯格、克劳斯、海德格尔等。我们不能要求译者和原文作者的智商处于同一个水平，但也不能相去十万八千里吧。

我们不得不承认，就一些学术著作的翻译而言，严复倡导的“信、达、雅”或许只能是一种奢望，能够“信”而且“达”已经不错了。我们在此不谈语言哲学问题，也不涉及翻译学中的命题，即翻译是“再生”，赋予原作“第二次生命”；这里说的也不是接受美学所说的“期待视野”，或把过去的文本含义视为当下审美体验的一部分来理解。这里说的是“翻译”，是用译文来呈现文本或概念的“本来面目”。我见过这样的汉语译文（不是某一个句子，而是全文），它的长度远远超过西语原文，实在有悖常理，谁都知道汉字表达要比拉丁字母组成的西方语言短得多。我也见过这样的译文，它把原文中的不少句子落在原文里了。还有一些长篇论著的节译本，不少重要的段落和思想不见了；如果说这是译者把看不懂的东西删节掉了，这是不负责任的说法，但是怀疑还是允许的。

我不否认不少西方论著在三十年来的中国有很好的译本。可是从数量上说，它们只是凤毛麟角。许多译作存在问题，甚至是严重问题。绝大多数西方理论著作的读者肯定有一个体会：在阅读西方论著的中译本时，我们总有一个感觉，外国人的思维和表达方式太艰涩了，不艰辛钻研是肯定弄不懂的。然而，当我们看到某本书中前后观点矛盾，第一页和第三页的两个句子有着逻辑错误，甚至同一页上的说法明显相左，这时，我们便会提出两个问题：是原著作者思维有问题？还是翻译中出了差错？本人倾向于第二点。一般而言，西方那些大思想家、哲学家、文论家、社会学家等，他们写下的每一句话，就语言层面的表达而言，都是能够看懂的（尽管不同人的语言表达之间有着难易之分）；至于字里行间或文字背后的深邃含义不易理解，则是另外一回事。假如他们的言词在中译本中无法读懂，艰辛钻研也是枉然，肯定是翻译出了问题。我们所译介的那些西洋大家，虽然他们和我们有很多不一样的地方，主食面包、土豆，但是基本上都是会逻辑思维的。

也许有人会对我评判对错的标准提出质疑；对不起，我没有标准，或者说，我的标准是基本常识。一般而言，能够让人看懂的译文多半是正确的翻译；不过，能够让人看懂的译文不一定就是正确的翻译，比如一些想当然的翻译，一些看似通顺却违背原义的翻译。但是，费了很大工夫还是让人不知所云的译文，肯定不是正确的翻译。至于用同义词中的那个词来翻译某个概念或某种说法更为恰当，这常常是见仁见智的问题。本文批评的是以米饭或馒头为主食的中国人怎么也看不懂的那些译文。

我常在课堂上对学生说，阅读当代西方论著的中译本，看不懂的地方就跳过去，再跳过去，跳多了跳累了，这本书就不用看了。需要跳过一些段落，原因很简单：译者本人都没有弄懂，你怎能看懂呢？或者说，译者已经想当然或莫名其妙地改变了原作中的很多意思，你还想还原吗？笔者曾见到一些名著中译本，估计其中的不少段落和句子连译者本人事后也看不懂，委实予人“误人子弟”之感。还有一些常被国际学界引用的名句名言，其韵味因翻译而荡然无存，从而无法得到中国读者的赏识。

另外，有些外国名著有两三个中译本，第一本译作可能是第二本译作的参考译本，前两部译作可能是第三部译作的参考译本。借鉴本来是无可厚非的事情。可是，也正是在这些译本中，我们常能看到以讹传讹的现象，或者，我们常能看到对同一个内容的两种截然不同的译文。这时，我们可以毫不犹豫地说，二者中必有一个错译，或者二者都是错译。另外，为了避免抄袭之嫌，后来的译本会对前译做出相应调整，此时，我们可以看到后者对前者的纠正或“润色”，也可以看到“换一种说法”时新犯的错误或改坏的地方。一部名著在中国可能有五六个译本，这在世界上其他地方是不多见的。其他地方的情形如何呢？负责任、有水平的译作一本就够了！（这里自然不包括一些古典作品的新译本，即阐释学意义上的新解新译。）另外，为了表示译文的准确性，我们的有些译者会在某个概念后面附上原文，可是外语拼写错误比比皆是，这使我想起某个出版社社长曾经告诉我的“铁律”：中国出版物中有几个“必错”，其中一条是“有英必错”。除了拼写错误外，张冠李戴亦不鲜见。这种现象主要出现在那些从英文转译其他语种的论著中，其他语种的概念原文在英语句式中的位置被错乱地装进中文译本。

我还是坚持自己近期在不少地方说过的一个观点：中国的不少译者一不懂外语，二不懂汉语，三不懂翻译，四不懂专业。这种说法自有夸张之嫌，但绝不是危言耸听之言。说其不懂外语，这是许多人不会同意的，因为不少译者是专业院校外语系出来的，还有一些人是留过洋的，更有不少人是“自学成才”的，怎能不懂外语呢？当然，我这里指的主要是那些离不开双语词典进行翻译的译者，许多语义不是双语词典能够解读的。有一种假设，认为世界上的各种语言是由相互对应的同义词组成的，并视之为编写双语词典的依据。这种假设其实不是无懈可击的。在不同的语言中，真正对应的同义词只是一部分而已。且以欧洲为例：欧洲国家有着大体相似的文化和语言源流，可是，不同的历史发展使不少概念承载着特殊的传统关联。各种语言所固有的特色亦即不对应之处，常使翻译家大伤脑筋。西方语言之间的对译况且如此，中西语言的翻译难度便可想而知了。辞书编撰有其自身规则，词条的义项和释义之有限篇幅常会带来局限；辞书在不少情况下只能提供一个大概。含义离不开文化史知识，离不开特定的语境；翻译则离不开译者的功底，有些含义是外语不精的人把握不了的。

以上说法并不是要宣扬不可知论、不可译论，而是旨在说明“信、达、雅”的难度。我在这里还要强调的是，我们的双语词典本身也会存在问题。试举一例：在我所见到的外国文论的中译本中，译者几乎毫无例外地把 Prose（英、法）、Prosa（德）以及与之对应的其他西文概念译成“散文”，各种双语词典中也都是这么解释的。这就常会出现一个问题：明明是在论述小说，突然出现“散文”字样。什克洛夫斯基的《小说理论》（*O teorii prozy*）被译成《散文理论》；在探讨福克纳的小说时大谈其“散文”艺术……这类例子可以信手拈来、不胜枚举。当然，将 Prose 译为“小说”或“小说等叙事作品”才是贴切的。为了正本清源，我想就此做一个简短的说明：Prose 源于拉丁语的 prosa，即 prosa oratio 之缩写，意为直接的表述和对话，与韵文相对。早在古希腊，Prosa 就指诗歌、剧作之外的叙事作品，比如柏拉图的对话集或希罗多德的史纪等；后来，西塞罗把信札和哲学著述定义为 Prosa 作品。不同西方语言对这类界定的理解稍有出入，但是基本含义世代相传。在整个拉丁语中世纪里，Prosa 几乎专指纪年和编年史；另外，在西方文学中也常会论及与韵文相反的“Prose / 散文”。18 世纪的小说与诗歌之争以前者的胜利而告终，并彻底确立了小说与诗歌的同等地位，亦即 Prosa 的地位。在现当代西方文学中，Prose 一般是指文学三个大类中的诗歌、戏剧之外的“小说”，但不排除评论、小品文、随笔、杂记等作品。换言之，Prose 常常是诗歌、戏剧之外的小说等叙事作品的总称；在大多数情况下，Prose 泛指一个时代或一个作家的小说作品。尽管中国古代散文涵盖韵文和诗文之外的一切散体文章，但现代文学诞生以降的散文概念已有变化，说的是包括随笔、小品、游记在内的文学性散文，是一种与诗歌、小说、戏剧并称的文学体裁。换言之，现代汉语中的“散文”，外语中另有小品文、随笔、杂记等不同文体亦即称谓相对应，但不包括小说。因此，我们把不少译文中莫名其妙的“散文”改成“小说”，疑惑便会迎刃而解。这里需要说明的是，在我们的双语词典中，“Prose/ 散文”不是绝无仅有的讹误。

“四不懂”现象的后三种比较容易解释：所谓不懂汉语，只要看一下许多译文那拙涩的、佶屈聱牙的、不伦不类的句子，很多人都能得出这一结论。至于不懂翻译，是说翻译本来就难，而将西文译成中文，更是难上加难。汉语（尤其是汉语自成一体的语言结构和句法规则）与西方语言的差异是尽人皆知的，因此，翻译技巧是必不可少的。最后，译文中的不少让人哭笑不得的译词和违背常识的“外行话”，更有一些牛头不对马嘴的东西，只能显示出译者不懂文本所属的专业。

翻译本是一件非同小可的事情，可以传播思想，亦可“扰乱视听”。若能成功地将一部重要著作译成中文，自然功德无量。自中国翻译西书以来，上乘译本还是不少的。只是到了急功近利的今天，佳译难求。在不少西方国家，译书碰到疑难问题而上门请教作者的事情常会发生。我们不一定有这样的条件，但这不是粗制滥造的理由。常听人说，这个译本糟糕之极，那个译本一塌糊涂，而译者本人却往往听不到这类评说，相反，他常听到是“大译如何如何”的溢美之辞。因此，有朋友想出一个馊主意：中国应该设立一种评选机制，每年评出十大拙劣译作，至少可以让有些自我感觉良好的译者收敛一些。

笔者自然很明白，我这样的文章写了也没用，绝对起不了抗灾的作用，“无知者无畏”或许是一条定律。最后，我只想重复一下自己曾对学生说过的一句话：“这样的译作你居然也看懂了？”

“往前走，找你自己”*

十多年前，上海文广新闻传媒集团（Shanghai Media Group，SMG）制作了10集大型纪录片《中国通》，介绍10位同中国有着深厚渊源的国际著名人士，从基辛格、中曾根康弘到顾彬（Wolfgang Kubin）。顾彬一集的开场白是我做介绍：“顾彬是三位一体：诗人，学者，翻译家。”我当然知道这一说法只是化约，现在面对这本为了纪念他75岁华诞而出版的近200页的《顾彬成果目录》，感觉更是如此。“通才”之说如今好像已不时髦，而评说一个尊敬的长者，也多少有点拘束。再说顾彬的学识，亦非吾辈能说清楚。无论如何，他能如此笔耕不辍，肯定是不多见的。熟人都知道顾彬很勤奋，多少年来都是凌晨五六点就起来写作。我曾跟他开玩笑说，有那么多可写吗？他说时间不够用。

顾彬荣休以后，主要生活在中国，在他执迷的第二故乡教书。他还到处演讲，去过那么多大学，有些我以前都没听说过，中国的大学实在太多了。不消说，他在中国很抢手。记得多年前在北京的一次学术会议上，我在茶歇时碰到好久未见的顾彬，

* 原文是为纪念顾彬75岁华诞而出版的《顾彬成果目录》（德文版，2022）的“代序”，此为笔者自译原作。简本《顾彬：“往前走，找你自己”》，载《读书》2021年第8期，第160—167页。

刚寒暄几句，一不留神，顾彬不见了！旁边的人告诉我，他被一个诗人拽走了。多少人想让顾彬把自己的作品翻译成外文啊！没办法，他曾说诗是他唯一的避难所，他喜欢诗人，可以理解。

他有多张面孔，不少人恐怕只知道一张：德国汉学家，或德国最著名的汉学家之一。早在二三十年前，中国读者已经见识了顾彬专著的两部中译本：《中国文人的自然观》（1990）和《关于异的研究》（1997）。然而，诗歌吟诵会上的另一个顾彬，那个颇具感染力的诗人顾彬，很多人并不知晓，尽管中译本《顾彬诗选》也在十年前已经出版。好多年前，我曾邀请他到北师大做过一个系列讲座，而他讲的是当代德国哲学，好些听众有点纳闷儿，一个汉学家讲哲学？而对我来说，“汉学家”早已无法用来给顾彬“归类”。读者翻阅这本成果目录，定会赞同我的说法。他天南海北，写男人女人，家长里短，什么都写。有时很哲学，有时也很“低俗”。

写下上面这些文字，是因为我不久前阅读了他前两年发表的散文集《一千瓶酒的英雄与一个酒壶的故事》，收入的是他近些年用中文写的散文和小品文。他在这部文集的“后记”中自问自答：“我是一个中国作家吗？好像是。”在有些西方国家，在哪国用哪种语言从事写作，常被看作所在国的作家或学者，这是常有的事，可在中国不是这样。不过，顾彬在中国已经得了不少奖项，包括“首届全球丰子恺散文奖”。把这么一个奖颁给老外，真不多见。不知这能不能解决他提出的身份问题，他好像常在这个问题上纠结。有人因为他的中文书而把他看作“德国中文作家”，不知他是否满意。顾彬是谁？在中国，顾彬是一个概念，肯定比他在德国有名得多。

他凭什么得散文奖呢？凭他作为专栏作家在《南方周末》等报纸和刊物上发表的散文，那种用外国人的中文所写的散文，写他在中国的生活、见闻和思考，好多人喜欢，也赢得了评论界的关注，甚至让人惊叹："他可真会写！"这为他在中国赢得了学术圈外的众多读者，他的书在中国也肯定比在德国畅销。不仅如此，这还变出了"另一个顾彬"，让人觉得"这老头可爱"。

顾彬的中文很好，但他也知道中文很难，说自己原来并无胆量用中文写散文。那多半是应约而写，本以为编辑部会修改润色，谁知人家就这么发表了。有些洋泾浜中文，效果居然很好！诗人王家新甚至对他的"德式中文"赞不绝口，说他用汉语创造了一种鲜明的、富有个性和特殊味道的文体："顾彬体"，具有别样的表现力。他甚至认为顾彬以他的方式重新"发明"了汉语。我不会用"发明"二字，但大致能赞同王家新的观点。顾彬曾在一篇文章中说，他的原则是越简单越美，就好像小孩的话，总是直白的，直白是美的。我想，这大概就是顾彬体。他的语言很单纯，也常和小孩的语言一样，或许会有语病，但是很真。这里说的当然是他的汉语散文语言，而不是写论文的学术语言，德语纯理论语言是挺复杂的。

北岛曾说，顾彬的诗"简短而节制，富于哲理"。这约莫也是顾彬散文的特点，那是一种别具一格的散文，是诗人写的散文。不过我想，吸引中国读者的，肯定不会只是所谓的"顾彬体"，更多的是他写的内容、观点和看问题的角度，或让读者换一个视角，尽管他本人一再强调语言的本体论意义。我们知道，他逮住机会就批评中国当代文学，话还说得很损，却抱怨自己不被中国人理解，而他已经说得很明白：“我对中国当代文学的批评，经常没有被理解成我原来的意思：这个批评同时也是对中国当代语言的批评。不少中国人认为，语言只是用来表达内容的工具。但是语言不能像纸包裹面包一样去包裹内容，语言本身就是内容。”（《我看当代德国哲学》，2011）他甚至声称“中国当代小说家都不是为了语言而奋斗”（《从语言角度看中国当代文学》，2013）。真是够狠的，遭骂本在情理之中。

顾彬的语言观，来自他经常援引的伽达默尔。“我们人是语言，除了语言外我们什么都不是。因此语言是我们唯一的‘房子’，我们存在的房子。”（《诗歌：嘴巴，耳朵，眼睛》，2017）他当然知道，把语言看作“存在之家”（Haus des Seins）是海德格尔的名言，但他不在乎有纳粹前科的海德格尔，乐于绕道伽达默尔来说语言：我们除了语言，什么都没有；或者，语言受伤，就无家可归。他不仅在论文中，也在散文中不断谈论语言。中国有“三句话不离本行”之说，顾彬是三篇文章不离语言。

他在《汉学是外国学吗？》（2015）这篇随笔中说：“中文是语言，是很美的语言。这个语言给我打开了门，打开了梦的门。是错的吗？我希望不是。我今年70岁。坦率地说，没有中国文化，就没有我。但是我对中国的了解只是来源于一个外国人对中国的了解吗？我将近50年活在中国的文明之下，我还是一个外国人吗？在德国人眼里，我太中国人。李白与庄子不光过去决定了我的路，现在还是。没有李白，就没有顾彬。是中文，是语言，是外语让我找到我的路。”套用伽达默尔的意思，找到了回家的路，找到了家；用顾彬自己的话说，汉语是他的故乡之一。

前文说到，吸引中国读者的不会是“顾彬体”；话要说回来了，他的风格确实有特色。他常给中国人讲述一段德国故事，即“二战”后的德国人如何重新学习德语，原因是12年的纳粹统治对德语的滥用和破坏，纳粹意识形态和官方语言已经深入日常生活的每个角落。在他眼里，“二战”后德国的大部分城市满目疮痍，而被纳粹强奸的德语或许是更深重的困境。尤其是“年轻一代”作家，把重建人性和拯救被纳粹毒化的德语看作自己的道德使命。他爱讲伯尔（Heinrich Böll）和拯救德语的故事。

在这一语境中，他曾援引奥地利诗人艾希（Günter Eich）1945年的一首名诗：“《清点》（*Inventur*）这样开始：‘这是我的帽子 / 我的外套 / 我装在粗麻布袋里的 / 刮胡具。’孩子的语言吗？肯定，但是美，也非常深刻。”（《我的中文》，2015）在顾彬的汉语散文中，常能见到这类语言，乍看有点笨拙，实为诗语言，给人清新之感。不过，如在战后德国那样，他把语言批评与伦理道德联系起来，这恐怕是很多中国人受不了的，至少是一个棘手的话题。研读中国古典文学出身的顾彬，在“文革”期间到北京学了一年现代汉语，似乎没学到多少，故而比较清白，他有直截了当的中文口语，无须像在战后德国那样，面对扭曲的德语而“砍光伐尽”（Kahlschlag），“从零开始”（Stunde Null）。

也是在说当年清算纳粹语言的时候，顾彬还告诉中国人，当时德国作家如何通过学习外语、翻译外国文学来克服变态的德语。而今天的他，也还在借助外语改进自己的德语文笔，通过翻译中国当代诗歌来提高母语水平。听来有点不可思议，但也许是有道理的。可是他管得太多，在不同场合和不同语境中，也要求中国作家多学外语，阅读世界文学原著，吸收其他语言的养料。“由于他们不能通过原文阅读世界文学，他们便不能通过别的语言、别的传统或别的世界观寻求灵感。”（《从语言角度看中国当代文学》）这可得罪了不少人，引来不少非难甚至忌恨，因为大多数中国知名作家不懂外语。

尤其在外语问题上，好些中国作家对顾彬很反感：中国作家用中文写作，学外语干嘛？还有人说，学外语会破坏母语。在这些人眼中，顾彬不仅带着傲慢和偏见，还是一个欧洲中心主义者。显然，他笃信一个德国的坚定观点：语言和思想是同一的，语言即内容，且在很大程度上是不可译的，就像雅各布森早先所宣称的那样。这么说，他热衷于翻译只是不得已而为之？另一方面，我们也不能漠视他的好心，他要求中国作家学外语，特别是英语，还有另一层意思：五四时期的一些重要作家也翻译外国文学，从中获益匪浅，文学翻译丰富了他们的中国思维，他们的语言，他们的“家”。从实用角度来说，懂外语更有利于国际交流，也有利于中国文学“走出去”。（其实他对“走出去”本身是有看法的，也还写过文章。）文学家之间的交流，老靠译员是不行的。有一次印度人请他去讲学，讲中国当代文学，这让他有些不解，为什么不直接请些中国作家来讲呢？人家告诉他，刚从中国回来，那里的作家不会说英语。

我开头说顾彬在中国是一个概念，我们也可以称之为现象：他是一个有争议的人物，所以很有名。这在很大程度上涉及理解或误解的问题，使我想起多年前我们召开的“思想与方法”国际高端对话暨学术论坛“全球化时代中西对话的可能”，顾彬提交的会议论文是《茫远的理解，切近的误读——论东西方相遇之可能》。他援恃当代德国哲学中的一个观点：任何一种理解都不可能完全达成。可不，德国文化想必就是一种怀疑文化，他显然是作为一个德国人而抛出其命题的。他说：“如果完全的理解真的可能，那就必须视之为一种天运。”顾彬本人就是理解或误解的极佳话题；或者说，顾彬其人很能让我想到中西理解的问题。

他提及两种理解中国的常见形态：其一，以西方标准和术语来评判中国：所谓“中国也有这些”，仿佛中国没有自己的东西；其二，“我们古老的文化和悠久的文明”——顾彬称之为“陈词滥调”。第一种思维形态，多半见于一些温厚的西方汉学家；第二种则多半来自那些喜于对西方煽动“羡憎情结”（resentment）的中国学者。顾彬显然不属于这两种人，所以调侃起来特别来劲。他是个冷静的汉学家，常喜欢“唱黑脸”，时有惊人之语，这在他的中译本论文集《野蛮人来临：汉学何去何从》（2017）中随处可见。而他的“不可知论”，已经见于我早就拜读过的《误解的重要性：重新思考中西相遇》（2005）。我认为这篇文章是他的经典之作，故而也将之收入“思想与方法”会议文集。从某种意义上说，该文引发的思考是我召集那次会议的缘由之一。

这篇论说“误解”的文章，与顾彬的其他不少文字一样，时有机智和睿智之言，不乏灼见。他所说之误解，不是那种有意为之的创造性误解，而是哲学意义上的错觉。对于西方有些亚洲研究学者的一种观念，他很不以为然：完全理解“他者”是可能的。而在他看来，“理解”就其词义而言是不可能的；理解和解释并非结果，而是一个永无尽头的过程：今天的理解，明天就可能被修正。不仅如此，他者的有些方面，你无法理解或者必然误解。看来顾彬是一个不甘寂寞或不愿止步的人，不然他不会想象，完全理解另一个人或另一种文化会多么乏味。我们或可发问，他早已内化于心的对于黑格尔和马克思的接受，是否让一切都是永无止境之过程的思想在他那里过于固执。这一观念当然可追溯至古希腊哲学家赫拉克利特，亦见之于有些中国古代思想家，但时常与胡塞尔、伽达默尔和其他一些现象学家的思想相左。

让他感到乏味的还有一些中国学者常说的“只有中国人才了解中国”，或者“请以我看自己的方式来看我”。对于这类观点，他做过淋漓尽致的批驳：那不但不切实际，而且会是老生常谈和尽人皆知的判断。（《只有中国人理解中国？》，2006）他怎么也弄不懂，为什么中国人要求外人从中国看中国，自己却老是从本雅明或福柯来解读中国文化呢？他认为误解是人类的权利，现代学术的最重要特征之一便是不确定的理解，从而不断推进探索和认识过程。没有误解便不可能有理解；换句话说，唯有一定量的理解，才会生发误解。因此，理解是误解的补充，反之亦然。顾彬的误解论，既是经验之谈，也是哲学之谈，我以为是有价值的。显然，他长期在与他所说的那两种理解中国的常见形态唱反调。他很任性，欣赏奥地利表现主义诗人特拉克尔（Georg Trakl）彰显其执着的名句：“往前走，找你自己。”

顾彬是有问题的，这当然不是我的看法，否则我们不会有三十年之交。说其有问题，而且问题还很大，是当代中国作家，以及相关学者和主流批评家：对他不屑一顾者有之，咬牙切齿者有之。回头想来，这都是他自己惹的祸。那还是2006年的事，他接受“德国之声”采访时，说当代中国文学是垃圾；人们后来得知他说的并不是整个当代中国文学，而是个别女作家用“身体写作”，那不是文学，是垃圾。一切都源于中国一家地方小报的炒作，却被媒体无限放大，西方也有乐此不疲的人，结果是他声名大噪。其实，“垃圾说”本不是他的发明，坊间早有此说，只是他把同行私下说的话拿到桌面上来了。这还了得，当代中国文学是垃圾，这可是海外汉学名人顾彬说的。外来和尚好念经，应和者不少，但骂声也很响亮，顾彬此前从未受到如此关注。他曾试图澄清事实，但无济于事，“垃圾说”已经存在。对于很多人来说，顾彬的名字似乎总要跟“垃圾说”连在一起，已被人牢牢记住，几乎成了惯性思路。

顾彬有点各，给人“偏激”的印象，但他有自己的判断，一直还在翻译中国当代诗歌和散文，还有中短篇小说，他怎么可能自甘堕落，老跟垃圾打交道呢？不难看出，通过他这个老外给中国当代文学贴上令人不爽的“垃圾”标签，兴许并不出格，他的批评也不都是空口无凭。他对中国当代文学本来苛刻，在他眼里，中国当代诗歌成就非凡，小说（尤其是长篇小说）却很一般，甚至落后。我隐约觉得，他把当代中国文学家分成两大派：诗人和其他。当然，他对诗人也不一视同仁，恐怕对其他作家也是如此。总的说来，他对中国当代作家的看法是耐不住寂寞："先要求出名，再要求成功，还要求发财。"（《写作应该是孤独的》，2015）他的批评毫不含糊：1949 年至 1979 年的中国文学离不开政治，1989 年以后的文学铜臭味太浓。不用说，不少中国作家和批评家无法接受他的批评，有作家说他败坏了中国作家的名誉。不过，假如他们知道顾彬如何鞭挞美国或美国的中国学，或许会稍微释怀。可不，他很有批判的劲头，不只是批美国，或者批中国，见了不顺眼的他就批。

前面我在说及顾彬中文的单纯和"孩子气"的时候，其实还想说，我在他的语言中还能再次领悟一句中国成语：童言无忌。或者，他很像《皇帝的新装》中那个天真的小孩，太直白了，当然以他自己的方式。有些东西私下嘀咕还可以，他居然都说出口、写下来，所以常常不讨人喜欢。我想，虽然他早已是个中国通，可他似乎常在中国享受着德国人说的"Narrenfreiheit"：狂欢节时，可以百无禁忌；或者装傻，想说什么说什么。这或许是一个生活在中国的外国人的特权。中国太需要这样的人了，一个诚实的人！这才是关键所在，人间都应如此！肖鹰教授认为顾彬是批评性汉学的代表人物，我赞同他的说法，批评性思维正是中国所需要的，而不是老是自己给自己打高分。

当时听到"垃圾说"的时候，我能猜出顾彬用了哪个词，那是德国人常用的一个词，在中国也一样，确实可以将之翻译成“垃圾”。但是，同是所谓“垃圾”，它在中国人和德国人那里的反响是不一样的。要是他说德国当代文学是垃圾，不少德国人听了以后，可能只是耸一耸肩而已，绝不会像在中国这样引起轩然大波，或曰“冲突事件”，其余波延续至今。这也因为他是一个外国人？在此讲述这个故事，主要是想说明文化和社会背景的不同，以及中国在“垃圾说”之前还一直受着诺贝尔文学奖的折磨，对有些评判的敏感程度是不一样的。如何在理解时把握分寸，时常也与不同的文化史和社会史有关，与个人心理和社会心理有关，与人的自信程度或缺乏底气有关。若像顾彬所说的那样，理解和解释是一个无止境的过程，那我只能说，中国要完全理解顾彬，还需时日，目前肯定很难。

我在一次接受采访时，被问及顾彬其人。我的回答是，他同许多德国人一样，喜欢说得绝对，这与中国人说话四平八稳的习惯不同。岂止德国人如此，西方常见这种现象：批评苛刻，赞美也不留余地，如一首英语童谣中的说法：“说她好，真是好极了；说她坏，真是坏透了。”（And when she was good, she was very good, /And when she was bad, she was horrid.）因此，当不少人在“垃圾”事件中慷慨激昂地回击顾彬时，我的反应是：这里缺乏最起码的对话前提。你可以同意，也可以反对，不就一句话吗？何必如此大动肝火？我这么说，是因为“不过如此”的反应在西方学界是可能发生的；顾彬是个中国通，但更是一个西方人，何况他自己也承认有时说话过分，故意让人生气。

“垃圾论”让顾彬在中国一夜暴红。他原来只是圈内的知名汉学家，这下成了公众人物、媒体红人。聚焦效应不只见于大众媒体，亦见诸学术期刊。“顾彬现象”甚是热闹，引发了中国学者对当代文学价值的大讨论。在这一背景下，顾彬主编的具有通史意义的《中国文学史》中译本出版，其中包括顾彬所著的《二十世纪中国文学史》。不用说，这本书特别令人关注，书评也不少，赞誉者有之，贬抑者也不乏其人。若说“垃圾论”引起的分歧伴随着吵架和泡沫，这回至少在表面上冷静了许多。我说“表面上”，是因为在那些客观分析的字里行间，还能感受到一些情绪性的东西，不少用词也直接来自早先的“垃圾”事件。

文学史涉及大量史料，这回轮到顾彬挨骂了，连同他的“批判性距离”和“个性阐释立场”。有人找到“疏漏”，有人见出“误读”，令人不满的是他的“西方标准”和“精英意识”。陈晓明教授不但认为《二十世纪中国文学史》同中国人的现当代文学史叙述有隔膜，而且写得没有逻辑。这很让人难堪，但较真的顾彬恍然发现，在他不知情的情况下，该书 20% 的内容在中译本中被删除了，尤其是理论阐释部分。所以他说，陈教授懂德语就好了，原作是有逻辑的。

同顾彬多有来往的人知道，他不苟言笑，颇有点冷峻，但不难打交道。他在交谈时喜欢倾听、发问和追问，然后坦率地说出他的观点。我没旁听过他给中国学生上课，我的猜测是，上课不容易。这不仅涉及不少中国学生还不习惯他的思维和说话方式，他的黑色幽默，兴许还不赞同他的世界观。

“生命太短，普鲁斯特太长”*

读书人几乎都听说过《追忆似水年华》这一书名，但是只有极少数人通读过普鲁斯特的这部七卷本巨制。这部长篇小说虽被看作西方现代主义文学中的传奇或神话，但是毕竟太长了，不同的法文版本不是4000页就是3000页。“生命太短，普鲁斯特太长。”——这是法朗士在该作第一部《斯万之家》（1913）发表以后的断语。此话出自法朗士之口，定然刺痛了普鲁斯特。正是法朗士这位文坛宗师，曾为1896年出版的普氏作品集《欢乐与时日》作序：一张年轻的面孔，不多见的魅力和典雅。的确，《斯万之家》曾被出版社拒绝，原因也是作品“太长”。世界上存在的一切，这对普鲁斯特来说，便是每句说过的、读过的、写下的话，只是为了融入他的作品而存在的。这才会有“写作无边”之说。《斯万之家》这部“太长”的作品遭到拒绝之时，自然还无人能够预见，普鲁斯特于1919年会以《追忆似水年华》的第二部作品《在少女花影下》获得龚古尔文学奖。

普鲁斯特在开始其创作生涯之前，经历过漫长的阅读岁月。另外，他的创作也总是一个不间断的阅读过程，尤其是通过阅读来回忆。这时的阅读只是一种刺激写作的方式，或者在阅读

*　原题《普鲁斯特的“阅读的日子”：〈论阅读〉》，载《文景》2011年第5期，第69—71页。

中汲取养料。他说：“不少作家在动手写作之前，喜欢念几页优美的文字。爱默生很少不看几页柏拉图的作品就开始写作，但丁也不是唯一被维吉尔领到天堂门槛的诗人。”普鲁斯特本人更是如此。在他看来，阅读是写作的必经之路，自然也是一种躲避尘世的方法。不过，躲进阅读，却能看到形形色色的生活，觅见许多平常看不到的事情。这种不用离开靠背椅就能看到的“现实”，能够改变读者的精神生活。普氏从小就喜欢看书。

“好了，合上书吧，我们要吃饭了。”——小男孩的专心阅读被打断了。全家一起用过餐后，他不再接着念书了，不再沉浸于书中的故事，不再想入非非。普鲁斯特从这一童年回忆展开他的长篇随笔《论阅读》（*Sur la lecture*，又名 *Journées de Lecture*）。该文首次发表于 1905 年 6 月 15 日的《拉丁文艺复兴》杂志，然后作为他 1916 年出版的译作、英国艺术史家拉斯金的《芝麻与百合》的代序；1919 年，普氏又将这篇文章收入文集《仿作与杂记》。

不少学者知道，普氏早期心理活动和阅读经验是《芝麻与百合》法文版代序中的核心内容。但是很少有人知道，他在《论阅读》中告别了拉斯金所追求的重视社会改革的现代性，转向自己的审美现代性。换句话说，《论阅读》对普鲁斯特后来的文学创作有着根本性的意义，是一座大教堂的基本建筑元素；大教堂则是人们谈论《追忆似水年华》时的常用比喻。对这部巨著的诞生及其作者来说，《论阅读》具有非同小可的意义，其底稿已经蕴含我们在普鲁斯特那里经常碰到的一些见解：阅读被信誓旦旦地看作生理上的经历，以及他对阅读所作的最初理论思考。在新近几十年的普鲁斯特研究中，译作《芝麻与百合》并没有引起人们的多大兴趣，反而是译作的“前言”《论阅读》备受青睐，有人视之为普鲁斯特美学思想发展中的里程碑。在这篇文章中，拉斯金的学说早已不是兴趣所在，这位英国改革家于 1900 年去世以后，普鲁斯特对他的崇敬也慢慢消逝。此时的普鲁斯特关心的是他思考了许久的美学问题：与文学的接触和对话，是否产生文学或如何产生文学；批评家是否或如何能够成为文学家。

拥有普氏手迹，这是所有普鲁斯特崇拜者梦寐以求的。《论阅读》的原始稿件为收藏家、德国普鲁斯特协会主席施佩克所有，是他在巴黎一家旧书店里觅得的。各种思考都记在一本陈旧的练习簿上，封面上印着英语 exercise book，总共 48 页。几乎没有空白之处，满眼都是批注和涂改的字迹，还有一些草图；页面不分正反，文字上下颠倒，委实给人即兴之感。这是普氏最著名的笔记之一，在此基础上写成的《论阅读》也是其最重要的随笔之一。这本让人回溯一篇非凡随笔如何诞生的练习簿，几乎在 100 年之后才公诸于众，由真迹摹本、法文本、德文译本以及大量注释组成的豪华本于 2004 年首次在德国出版，取名《阅读的日子》（*Tage des Lesens*）。在这之前，法国还没有发表过这部手稿。它的出版可以让我们看到一个作家恣意而精准的手迹（不过也有无法辨认的文字），它很可能是《论阅读》的第一稿，不少普鲁斯特专家此前未曾见过的东西出现在眼前。与他的那些零散的稿纸和草稿本相比，《阅读的日子》从形式到篇幅都有别于其他所有普氏稿件。他的作品从来没有做得这么精致，摹真本只发行 1300 本，每本都有编号。

一页页纸被填得密密麻麻的，其原因并不是一些普鲁斯特研究所说的纸张紧缺。练习簿里留下的是推敲的痕迹，呈现出普氏如何竭力驾驭材料、思想和语言。这里的内容终究关乎“阅读”这一重要问题，关乎读者同白纸黑字的关系。从一开始起，普氏就悉心写作和删改，然后再接着写，为的是找到表达内容的恰当语言和风格，以及后来的《追忆似水年华》之典型的“形声句式”。难得见到一部作品给人如此亲近的感受，让人“近距离”地看到其产生的过程。最迟在《斯万之家》付梓的 1913 年之后，出版者和排字工总在不断领教普氏书稿的潦草难辨，稿纸边沿蝇头小字的归属，以及拼贴的补充文字。这种普氏特色可在《论阅读》手稿中一览无遗。嗣后，普氏作品的各种校样稿也能让人看到，普鲁斯特在其作品面世的最后阶段，不只是校对的作者，更是善于出新的人。作品再版时，他也常会添加新的东西或修改建议。

假如我们按照普鲁斯特自己的说法，把《追忆似水年华》当作一座大教堂来参观，那么，翻阅《论阅读》这篇随笔论文，就如走在大教堂的地下室里，也就是在其根基，在后来宏伟建筑的最早的笫室里徜徉。不过，这个笫室里凌乱不堪，或者借用普鲁斯特喜用的建筑话语：笫室的墙基下面隐约见出一个残缺不全的迷宫，只有考古嗅觉才能拼出一张能够看懂的建筑图纸。在《论阅读》中，普鲁斯特试图揭开阅读的秘密、呈现阅读的迷人之处，展示“孤寂心灵中的交流这一多产的奇迹”。他叙述了书籍为何能够“刺激”他后来的生活和经历，我们也可以看到一种精微的审美意识是如何抽芽的。细心的读者还能在“练习本”中发现普鲁斯特作品的重要议题：儿童，回忆，语言。“阅读的日子”之后，普氏才真正开始写作的日子。在他看来，只有写作才能成为阅读的总结和归宿。该文不仅是普氏从阅读过渡到写作的一个标记，也极其形象地展现出一个伟大艺术家和20世纪的一部伟大作品是如何诞生的。

普鲁斯特研究专家已经把《阅读的日子》看作其美学思想的核心文献，是不朽巨著《追忆似水年华》的胚胎，或曰具有根本意义的基石。的确，这一描述阅读魅力的文章对他设计和建造《追忆似水年华》这幢“回忆大厦”的重要意义已经无可争辩，而且他自己也是这么认为的。在这本练习簿里，普氏视阅读为根本性的东西，他在其他任何文字中都没有如此尽兴地谈论阅读，并总是从阅读联想到饮食。他把阅读比作母乳，而且是“优质母乳”，是“唯一的全营养食物，无辜的、纯正的食物”。不用说，我们在这里能够看到普氏如何解读“女人的影响”，看到他的恋母情结。对普鲁斯特来说，读书与饮食有着相似之处，在好不容易得到一本书之后，就该带着很大的食欲去读它。作者的回忆让人窥见他如何沉迷在幸福的阅读享受之中。

《阅读的日子》是这样开始的：“我们在童年时代过得最充实的日子，莫过于那些我们以为还没有过，时间就已经过去了，那就是我们同一本喜爱的书一起度过的日子。”该文第一部分说的是普氏童年迷人的读书经历。“哪能忘得了呢，我在假期的那些日子里不停地在看书，躲在阅读的时辰里避难，真的很惬意，不会受到干扰。上午从公园回来之后，其他人都出门散步去了，我便偷偷溜进吃饭的房间，直到午饭时的很长一段时间，那里都没人打搅……午饭之后，我马上就接着看书。特别是在天气较热的时候，各人回到自己的房间，我就可以赶紧顺着狭窄的楼梯上楼躲进自己的房间……”普鲁斯特很赞同19世纪英国最有影响力的设计师威廉·莫里斯的说法：房间里除了对我们有用的东西之外没有任何其他东西，这样的房间才是美的。可惜，普鲁斯特的房间并非如此，他也因此不能在自己的房间里阅读很长时间。不过，“有时在晚饭过去很长时间以后，我会在床上看书，以此度过一天的最后几个小时。可是这种情况并不多，往往只是在我读到一本书的最后章节时才会这样，已经没有多少页了。冒着被发现而受到惩罚的风险，或者看完书后也许会彻夜难眠，我还是在父母走进卧室之后又点上蜡烛”。

他在读书经历的结尾处写道：“然后，最后一页读完了，书也结束了。我得打住眼球的自我运动，还有跟随眼球运动而产生的无声的声音，这声音在我的一声长叹中才会终止……而现在呢，这本书不再是同样的书了？这些生灵比真实生活中的人得到了更多关注和温情，而阅读者不是一直敢于承认自己多么爱这些生灵，尤其是我们在看书的时候被父母见到，看上去他们是在讥笑我们的动情，并故意冷淡地，或者装出一副不感兴趣的样子把书合上，甚至这时我们也不敢承认自己的爱。这些生灵，我们为之喘过粗气、为之抽泣过的生灵，我们再也看不到他们了，再也无法得知更多有关他们的情况……多希望书还没完啊，即便这是不可能的，至少能够多知道一点所有那些人物的情况，还有他们的生活，那该多好啊！或者，我们能把自己的生活同一些事情联系起来，同书中让我们爱、却突然看不到的那些人联系起来，那该多好啊！这样，我们就没有白白地爱过那些人，爱过几个小时；到了明天，他们只是书中不知哪一页上的人名而已。这本书与我们的生活没有关系，我们对它的价值也很失望，因为按照我们今天的理解，或者像我们的父母在生气的时候不以为然地对我们说过的那样，这本书在尘世间的位置，绝不是我们曾经想象的那样，说它具有宇宙和命运的深刻含义，它只不过占据着书柜里的一条狭长的寸地。”

《阅读的日子》的第一部分已经预示出《追忆似水年华》中对童年阅读的思考，我们已经看到具体的阅读情形和地点等；第二部分则带着理论色彩，探讨阅读的利与弊，略短于《论阅读》的终稿。《阅读的日子》之所以如此感人，不仅因为它试图谈论阅读的“本质”问题，也在于它给我们展现了作为拉斯金作品的读者、译者、阐释者和介绍者的普鲁斯特如何反思自己的经验。或者说，普鲁斯特的真正意图不是研究拉斯金，而是要写下自己的思考，拉斯金只是译者通向自己的桥梁。

普鲁斯特认为，阅读不应在生活中占据特别突出的位置，在这个问题上与拉斯金的观点相左，不赞同拉斯金对图书的那种“拜物教敬仰”。对他来说，读完整个图书馆的书也不见得就是有知识的，把十行字真正吃透才是有用的。他告诫人们，不要老是把书说成“魔幻钥匙”，能够解开一切难题。当然，《论阅读》不会是一篇反对阅读的文章，而是反对某种形式的阅读，也就是马拉美的诗行所形容的那种情形：“肉体伤悲，啊，我读万书。”普鲁斯特对拉斯金的读书观不以为然，主要因为后者过分强调书籍的意义，却没有充分认识到阅读这一特殊的心理行为。笛卡儿曾说：“阅读所有好书，就像同过去许多世纪的有识之士聊天一样，也就是与书作者聊天。”拉斯金也许根本不知道这位法国哲学家说过这样的话，但是普鲁斯特用笛卡儿的这句话来概括拉斯金的读书观：阅读能够让我们同许多更睿智、更有趣的人聊天，而不是我们周围的那些人。

普鲁斯特反对把阅读和聊天等同起来，哪怕是在同世界上最聪明的人聊天。他认为：“一本书和一个朋友之间的根本区别，不是其或多或少的智慧，而是人们与之打交道的方式方法；与聊天相反，阅读对我们每个人来说都是在接受他者所传达的思想，读者却还是孤身一人，或曰只身前行，继续享受着孤寂所拥有的灵性之力，而这会在聊天中即刻消散；寂寂一身，便可继续随灵感游荡，让精神在自己身上发酵。”“我们确实能感受到，作者智慧结束的地方，正是我们的智慧开始之处。”在普鲁斯特眼里，阅读不是或不该是被动的，而是行动：“这里要求的是介入，由他者引起的介入，但在我们自己身上发生；这是一种来自他者的刺激，却只能在孤寂中领受。显然，这正是阅读的定义，并只适合于阅读。”

不难看到，《阅读的日子》的两个部分之间不很协调。第一部分的回忆轻松愉快，第二部分虽然还是随笔，但是在“阅读”的深邃之处探索，这当然不是普鲁斯特所擅长的意识流所致。作者明确地说，他反对拉斯金过分抬高阅读在生活中的位置，但这时必须把少时舒心的阅读经历排除在外，回忆少时读书的日子是一件幸事，一种享受。的确，似乎从孩提时起，阅读就是一种美好的、有益的享受，而不像后来老成以后那样，自以为会独立思考了，不再为大千世界中不可理喻的现实生活而伤神，从书架上取出现成的精神食粮，从一本蕴含着真理的书中找到慰藉。不，童年时代的阅读不是这样的。不过，每个人的童年阅读是不一样的。这里当然还不能忘记，不是每个人在童年时都有阅读的条件。

本来，尤其是在小时候，看书完全是我们自愿的，我们有兴趣才看书，书在那时对我们来说是一扇通向世界各个角落的大门。然而，并非每个地方、每个时代都是如此。普鲁斯特希望通过他的回忆来唤起读者自己的读书记忆，追寻原初的读书心理行为。我对小时候的读书经历只有一些模糊的记忆。小学时代正是“文化大革命”如火如荼之时，我只记得毛泽东的“老三篇”能背得滚瓜烂熟，为的是在教室里墙报上自己的名字下面贴上一面小红旗。至于读书，课堂里的是无聊的，课外的是有趣的。但是，“课外读物”是那些本不该读的东西，是“破四旧，立四新”没有清除干净的东西，是儿童看不懂的东西。我小学毕业后被送到上外附中学德语，“文化大革命”还得过几年才结束，附中复校刚一年。住校生活，当然没有普鲁斯特那样的自己的房间，看书也不能随心所欲，只能利用假期在家里抄完了一本从同学那里借来的发黄的旧书，那是蘅塘退士编的《唐诗三百首》插图本，这种事情在“革命”时期是不宜多说的。躲在寝室的蚊帐里偷看《安娜·卡列尼娜》，不知被谁说了出去，本以为要倒霉了，要写检讨了，甚至要被革命了。幸运的是，班主任在他那个年龄，似乎也对外国的“丰乳肥臀”之类的书感兴趣，还期待能偷偷地看到其他一些禁书……

回忆和自画像的欺骗性*

德国作家、诺贝尔文学奖获得者格拉斯（Günter Grass，1927—2015），一个留着髭须、喜欢闹事的知识者，勃兰特的朋友和德国社会民主党的竞选干将，喜好烹调、采集蘑菇和叼着烟斗的人，舞步疯狂的雕塑家和版画家。但他主要从事文学创作，知道自己是一个“非我莫属”的德国招牌作家，1959年的长篇小说《铁皮鼓》确立了他在20世纪大作家行列中的稳固地位。他出生于但泽（今波兰格但斯克）。战后从美军战俘营出来之后，主要以石雕、版画和写作为生。1956年至1957年，他作为诗人和剧作家出现在文学舞台上。《铁皮鼓》之后，他又发表中篇小说《猫与鼠》（1961）和长篇小说《狗年月》（1963）。英国的日耳曼文学史家雷狄克（John Reddick）第一个称这三部作品为“但泽三部曲”，后来人们便沿用此说，而作者本人并没有按照三部曲的方案进行写作。他对时光的追忆，完全承袭了欧洲大作家的传统：普鲁斯特，乔伊斯，托马斯·曼。

格拉斯获得诺奖有两大原因：瑞典学院在授奖理由中强调，《铁皮鼓》是纳粹德国数十年的语言和道义毁损之后的新开端，此其一。其次是他在德国艺术界无出其右的地位。充满嘲讽的

* 本文原题《〈剥洋葱〉与文学自述的困境》，载《读书》2011年第1期，第136—140页。

成长小说《铁皮鼓》是后战争时代德国最重要的长篇小说，它的不同凡响之处是，纳粹不是作为一些人鼓吹、其他人接受的意识形态出现在该书中的，没有用反法西斯主义的妖魔化手法来追述历史，而是不紧不慢地把法西斯主义呈现为日常生活，即那些感到窘迫和委屈的人之麻木的日常生活。该作描写了20世纪上半叶的德国生活，在审美、道德和主题上刮起一阵飓风，使作者赢得了世界声誉。从文学史的角度来说，格拉斯写完“但泽三部曲”之后无须发表任何作品，《铁皮鼓》已经成为20世纪的经典之作。他自己或许也想到了这一点。进入20世纪60年代之后，他逐渐成为一个好斗的社会批评家，一个备受争议的人物，他受人崇拜，也屡遭诟病。《铁皮鼓》曾因“亵渎神明”和“色情描写”而常被攻击。这位德语国家的第11个诺奖得主，已经成为由成见和漫画组成的奇异圣像，这常常让他的作品也相形失色。

“拙劣的诗 / 改变不了暴君。/ 可惜，好诗同样如此。”波兰诗人克里尼基（Ryszard Krynicki）的这三行诗句，并没有阻碍他继续以其诗句来介入社会和政治。问题本身却依然存在：诗是否具有影响力？同这一问题相关的是，在追求“介入文学”（littérature engagée）的人看来，那些来自象牙塔、宣称不直接对政治表态的封闭的诗，是否就是所谓非政治的诗。萨特至少认为，马拉美的诗要比所有那些气势不凡的政治小册子更具爆破力。这里涉及介入文学所固有的审美多义性与政治介入的明确性之间的张力。“颠覆性的叙事如何才能证明其具有爆破力的文学品质呢？”这是格拉斯经常思考的问题。他的晚期作品几乎都与社会政治有关。

格拉斯是后战争时代德国文学中最有影响的人物，在过去五十年里无处不在。德国和西德文学史中的许多私人材料被逐渐公之于众：回忆录、通信集、日记等，这些材料都在证明格拉斯在德国文化生活中的巨大影响。他在一次关于《文学与政治》（1970）的讲演中说："当我在家的时候，通常都在从事文学创作；一旦我出了门，那就涉及政治。坐着写作，站着讲演。"他颇具感染力，不管是褒是贬，对他的看法进入同行的梦。同样，他的政治激情也不减当年。在2009年的德国国会大选中，81岁的格拉斯依然在敲着他的"铁皮鼓"。他在社会民主党的勃兰特中心的展览会"公民选勃兰特，政治选格拉斯"的开幕式上发表热情洋溢的讲演：把门撞开，让现实撞破你们的膝盖和额头！

要理解格拉斯，需要点辩证法，否则无法解读他。1999年，他从电话里获悉自己获得20世纪最后一个诺奖时，正准备开车去看牙医，而且也没有改变主意："日子还得照样过。"然而，他于2006年发表了没有标明文学类型的作品《剥洋葱》，立刻引起轩然大波。2006年盛夏的故事，典型地反映出格拉斯同公共社会的关系：他常常指责公众对他的反响，而那些反响却是他自己挑起的。还在《剥洋葱》出版之前，他就接受了《法兰克福汇报》（2006年8月12日）的采访，文章标题是《我为何在六十年后打破沉默》：

谁都知道，我们的回忆和自画像可以具有欺骗性，事实也常常确实如此。我们进行粉饰和戏剧化处理，把各种经历写成趣闻轶事。我想在形式上就让人看到和感觉到所有文学回忆所呈现的一切，包括那些成问题的东西。因此才有‘洋葱’之说。在剥洋葱时，也就是在写作时，一层又一层的皮、一句又一句句子使有些东西逐渐清晰可见，一些失踪的东西又呈现出来。

这一颇似自传的作品记述了作者1939年至1959年的经历，除了诸多有名的和不太有名的格拉斯生平外，作者第一次披露自己在1944年以后自愿为纳粹党卫队效力的历史，承认自己曾坚信纳粹，坚信纳粹能够取得最后胜利。“我对这些年的事保持沉默，这让我感到很压抑，这是我写作此书的原因之一。我得开口，终于说出来了，……”这是格拉斯对自己公开忏悔的解释。这一点是后来许多争论的焦点之一。柏林《每日镜报》（2006年8月12日）的一篇题为《局部麻醉》的评论文章，颇具代表性地显示出各大报刊杂志的议题：问题不是格拉斯作为党卫队成员是否直接犯下了什么罪行，从这本书的回忆中看不出这一点。而他本来是必须在公开指责纳粹罪行的时候说出自己的党卫队历史的，但他隐瞒了这一点。使整个德国和世界感到震惊的是，这件事发生在被视为德国的良心的格拉斯身上。“为什么这么晚才公开历史？这是否是一场人生骗局？”七年前，瑞典学院的常务秘书恩达尔在诺贝尔奖授奖词中，正是强调了格拉斯以其文学创作“冲破了笼罩在德国历史上的恶魔”。“剥洋葱”之后，公众人物格拉斯的道德典范、政治介入以及他的所有那些抗议都被斥责为伪善和欺骗，人们把他以前的所有讲演和表态看作荒唐的。

1959 年的《铁皮鼓》立刻使格拉斯成为回忆德国罪恶的首席代表；假如在 1959 年之前的话，谁都不会对他的忏悔感兴趣。然而时过境迁，而且这个故事也典型地反映出公共社会同格拉斯的关系：人们指责他没有做应该做的事。不少人认为格拉斯以其沉默骗得了诺贝尔文学奖，应当把诺奖还回去才是。他在得奖后不久的一次访谈（《启蒙的冒险》）中曾说："我无法写自传体，因为我很快就会陷入文学的谎言之中。"这次他没有说谎，因此一下子"从神圣的高空掉落下来，又成为我们中间的一员，他不是不可缺的了，却又是个纠缠不清的人"（《明镜周刊》，2006 年 8 月 21 日）。

有人认为，谈论格拉斯，如同在雾中行走。无论如何，此后谈论格拉斯，再也不可能绕过他的这一履历。瑞士文学史家马特（Peter von Matt）在盛赞《铁皮鼓》这部"给德国文学带来新鲜空气的（放肆的，诗意的，感人的，享受的，狂野的，人道的）"小说之后补充说："可是，人们将不得不重新阅读格拉斯的早期作品。比如《猫与鼠》，今天读来是多么地不一样啊！那里面已经应有尽有，只是读者当时没有看到而已：心灵创伤，受伤印记，自我谴责，自我惩罚……就连纳粹黑衫也出现在这本书里。一切都是加密的，被移入一个梦中，一应俱全。"（《世界周刊》，2006 年 8 月 15 日）

揭开加密人格及其往事的层层遮盖，让密码找到自己，这就是《剥洋葱》的目的，同时也显示出理想的文学自述的困境，或曰文本与各个事件之间所留下的许多空白点之间的矛盾，就像剥洋葱一样：“剥去一层，露出的还是饱满而透亮的洋葱，洋葱自己对此一无所知。只是残缺不全的文本之间的空白点，除非我来点明那些看不透的地方，并把它们有机地组合起来。”（格拉斯：《剥洋葱》）“空白点”是伊瑟尔“效应美学”的中心概念，指的是文学作品之原则上的“不确定性”。即便格拉斯不可能完全重构经历，但他认为文学创作是其生活的真正意义：“这样，我一页一页地继续活着，从一本书到另一本书。”（格拉斯：《剥洋葱》）

《剥洋葱》引发了一场伦理讨论，也就是后现代向另一种文学的转折，即决定一部文学作品之地位的不只是审美价值，还有伦理价值。狂风暴雨式的批判不只是刺痛了格拉斯本人，剥洋葱的效应也使不少人流泪。在激烈的争论中，有人主张对格拉斯多一点理解，人们不能忘记格拉斯全部作品的文学意义和审美品质。从总体上说，当时基本上没人有时间把《剥洋葱》看作文学作品来分析。就素材和表现手法而言，它其实是作为“但泽三部曲”的补编来设计的。作品的不少地方写得很动人，比如三重饥饿：战后（战俘时期）真实的饥饿；青年时代（战后废墟时期）的性饥饿，即他如何在所到之地寻花问柳；最后是在柏林、杜塞尔多夫和巴黎所表现出的艺术饥饿感，他一定要成为艺术家。

德国文学批评“教皇”赖希—拉尼茨基（Marcel Reich-Ranicki）在抨击格拉斯的长篇小说《铃蟾的叫声》（1992）时所作的断语似乎还未过时：“他的王位令人担忧地动摇了，

但并未受到真正的威胁。似乎没人要与君特·格拉斯争夺他在我们文学舞台上的地位。这也许与看不到后继者有关。在伯尔（Heinrich Böll）、魏斯（Peter Weiss）、弗里施（Max Frisch）、迪伦马特（Friedrich Dürrenmatt）、巴赫曼（Ingeborg Bachmann）、扬森（Uwe Johnson）、伯恩哈特（Thomas Bernhard）去世之后，这一舞台就像地球荒古时那样：荒凉，空荡。考虑到活着的人，姑且就说几乎荒凉、空荡吧。无论如何，君特·格拉斯的声誉并未下降多少，他依然是德国作家的首席代表。”（《明镜周刊》，1992 年 5 月 4 日）2009 年，格拉斯与前东德女作家沃尔夫（Christa Wolf）一起被选为德国笔会名誉主席。

欧洲“沙龙”小史*

2015年12月在巴黎讲学，冬梅寄来她的专著《沙龙：一种新都市文化与文学生产（1917—1937）》二校稿让我作序。这次讲学就住在市中心与巴黎圣母院隔岸相望的圣米歇尔的一条小街，闲暇的时候常在塞纳河边散步，常去咖啡馆和酒馆，还有那数不清的博物馆和画廊，深深地感受到这座城市的文化积淀和底蕴。几百年前，法国贵族和宫廷文化的影响力日益弱化，市民阶层逐渐走上历史舞台，沙龙和咖啡馆对精神生活的影响日渐明显，也就是哈贝马斯在其《公共领域的结构转型》中所说的那种景象。在巴黎读《沙龙》文稿，自然别有趣味，很能激发“思古”之情：有些豪宅深院，正是彼时著名沙龙所在。这里不仅是沙龙的诞生地，也是中土西去者初识沙龙之地。最初领略沙龙风情的中国人，当为清季最早的驻外使节。而他们踏上西土的年代，恰逢所谓“沙龙时代”的19世纪。

1877年1月21日，郭嵩焘抵达伦敦，中国第一个使馆在伦敦开馆。4月30日补颁国书，他充驻英公使，并于1878年兼使法国。他的欧洲纪程，见诸其《伦敦与巴黎日记》。郭嵩焘出

* 本文原为费冬梅著《沙龙：一种新都市文化与文学生产（1917—1937）》“代序”，北京大学出版社，2016年，第7—15页；另载《中国图书评论》2016年第3期，第63—69页：《欧洲“沙龙”小史》。本文略有拓展。

使的时间不长，外交建树也不多，但其日记在中外交流史和文化思想史上有着极高的价值。郭氏日记内容丰富，政治、经济、天文、地理无所不谈，但对日常生活的记述极为简约。张德彝是随其出使英国的翻译官，他的《随使英俄记》对中国使臣日常生活的记载，远比郭氏日记详细得多。

光绪四年一月至六月，即1878年春夏，张德彝和其他使馆官员随郭星使在伦敦和巴黎赴“无数”茶会。从《随使英俄记》可以见出，当初与西人的不少交往应酬，多半以中国传统用词“茶会”称之，且为宽泛含糊的说法。总的看来，“茶会”约有两种含义，一为宴请、招待会之类的外事活动，亦即“party”（直至20世纪上半叶，不少中国文人雅士常用party意义上的“茶会”称谓“聚会”）；一为“沙龙”亦即salon。仅在这半年时间里，张德彝随星使赴索立斯百里侯夫人、德尔贝伯夫人、世爵鲁特尔夫人、葛里扉夫人等“夫人茶会”近五十次；时常一日两次，甚至三次，以致张德彝在日记中埋怨说：昼夜赴茶会应酬，疲惫不堪。驻英副使刘锡鸿与郭氏不和，最后状告郭氏；指数罪状之一，便是青睐西洋、效仿洋人所为。

何为夫人茶会？张德彝有一种说法：“约人晚酌［晚宴］最为上等。请人者固为恭敬，被请者亦有光荣。非彼此至契及交结要务者无此举。凡请茶会、跳舞等会，皆女主一人出名［邀请］，请晚酌则夫妇同出名。”可以断定，夫人茶会正是当时西方上流社会所热衷的沙龙。在晚清诸多纪程、述奇、采风记中，因为极大的文化差异，中华来客或多或少都会讲述西方女性在公共场合的情形，描写她们的社交生活、言行举止等。对于西方知识女性的认识，张德彝在《欧美环游记》（即《再述奇》，1868/69）中有一种很有意思的说法：“合众［美国］女子少闺阁之气，不论已嫁未嫁，事事干预阃外，荡检逾闲，恐不免焉。……不为雌伏而效雄飞，是雌而雄者也。”在《使还日记》（1880，见《小方壶斋舆地丛钞》第十一帙）中，张德彝亦提及不少“夫人茶会”。

以上不多的一些文字，主要叙写中国人是何时初识沙龙的，也就是一个西方事物何时进入中国人的视野并见诸文字。进入20世纪以后，用“茶会”说salon者，亦不乏其人，比如胡适在《美国的妇人：在北京女子师范学校讲演》（载《新青年》第五卷第三号，1918年9月15日）中，讲述了其朋友的夫人“是一个‘社交妇人’（Society Women），善于应酬，懂得几国的文学，又研究美术音乐。每月他［她］开一两次茶会，到的人，有文学家，也有画师，也有音乐家，也有新闻记者，也有很奢华的‘社交妇人’，也有衣饰古怪，披着短发的‘新妇女’（The‘New Women’）。这位主妇四面招呼，面面都到。来的人从不得见男主人，男主人也从来不与闻这种集会”。

《沙龙》一书以1917—1937年为时间框架，围绕曾朴、邵洵美、朱光潜、林徽因四人的著名沙龙，深入查考了主要分布于上海和北平两地的沙龙文化的兴起和发展。从沙龙这一特定的都市空间来挖掘一种时尚文化与文学生产的关系，同时折射出那个历史时期一部分文化人的精神面貌和关怀，自有其独特之处，理当成为中国现代文化史和文学史的一个篇章。冬梅是这方面的专家，而我只是借助她的文稿才得知一些往事。所知不多，也就不敢妄加评论。

沙龙是西洋舶来品。该书在探究中土沙龙之前，首先介绍了欧洲沙龙的历史发展，这是必要的。然而，中国学界在论述西方沙龙时，迄今似有不少含混之处，这也包括个别中译西方著述中的一些不准确的说法。因此，我想借此机会对欧洲沙龙的源流、演变和特征做一个简要的梳理，且主要以沙龙的发源地、沙龙文化尤为发达的法国为考证对象。名曰“小史”，即提纲挈领。这既可视为对有些说法的订正或对有些论述的补充，而就《沙龙》的架构安排而言，或许也是一种形式的开场。

据 1742 年《策德勒普通百科辞书》（*Zedler's Universal-Lexicon*）之说，法语“salon”借义于宫廷的代表性建筑，表示“主厅”“会客厅”。与西班牙语“salón”一样，这个法语词源于意大利语“salone”，即轩敞的“sala”（正厅）。在法语和西班牙语中，“沙龙”也早被用来指称“主厅”里举办的（社交）活动。

1600 年以降的法兰西土地上，也就是胡格诺派教徒的八次内战（1562—1598）所带来的蛮荒之后，君主集权和与之抗衡的文明运动，共同为沙龙文化的兴起提供了土壤。封建领主和贵族因动乱而逃离其乡村领地，巴黎开始出现各种尚美圈子，并被视为新型的交际文化。许多贵族宫殿在巴黎拔地而起；贵族生活与新兴市民生活的接触，催生出各种沙龙，或曰私密小天地（ruelle）。沙龙的早期发展与贵族结构的改变密切相关，贵族显要由于权力的丧失而急需寻求补偿和“升华”，并以精英文化拒斥鄙俗糜烂的宫廷文化。野蛮之后，人们竭力追求文化的精致化。沙龙讲究时尚和风度，还有打情骂俏，仪式化的舞蹈，即兴表演和机智的言谈，都令沙龙特具魅力。

沙龙是介于公共空间和私密场所之间的社交圈子，多半以一个殷实聪颖的女主人（salonnière）为中心，不少沙龙贵妇本来就是贵族，而且才貌双全。女主人定期或在固定会客日（jour fixe）与宾客（habitués）聚会，有新朋也有旧友，不少人都是名流。就沙龙的文化渊源而言，可追溯到中世纪骑士对名媛贵妇的爱慕之情及情人约会（Cours d'amour），以及意大利文艺复兴时期的交际形式；并且，沙龙与文艺复兴时期意大利宫廷建筑有着许多相似之处。

尽管如此，沙龙的真正历史起始于朗布依埃夫人（M. de Rambouillet）临近卢浮宫的沙龙：Hôtel de Rambouillet。从1610年起，她定期在其著名“蓝屋”（chambre bleue）招待作家和政治家，这是巴黎最早的尚美圈子，也是与宫廷颉颃的另一种公共空间——这是其新奇之处！也是从那个时候起，女性在社会生活中的地位逐步提高，她们获得了从未有过的文化声誉，一个个女才子走到前台争奇斗艳。文化精致化的极端表现，或曰法国文化史中的所谓“préciosité”风格，亦当源自朗布依埃夫人的沙龙。伏瓦蒂尔（V. de Voiture）、巴尔扎克（G. de Balzac）、高乃依（P. Corneille）、拉·封丹（J. de la Fontaine），都是朗布依埃夫人沙龙的座上宾。

约从17世纪中叶起，法国人眼里特别有文化的生活方式和行为举止，被形容为précieux或préciosité，既有“高贵”“典雅”“精致”的意思，亦有“做作”和“故作姿态”之义。这在巴黎早期沙龙文化中尤为明显，特别体现于谈吐和调情，抗婚和婚外恋是热门话题。这个概念形容有教养、有品味、有身份的人，不少沙龙女主人也以 les précieuses 自居。她们是秩序的维护者，沙龙中谈论品味问题时最有发言权的人，也就是最讲 préciosité 的人。另一方面，附庸风雅、过于招摇的女人也常被如此形容，被视为可笑的拿腔作势者。新近从事女性解放课题的研究，甚至认为 préciosité 对斯时文学做出了创造性贡献，以莫里哀（Molière）的著名剧作《可笑的女才子》（*Les Précieuses ridicules*，1659 年首演，1660 年印刷出版）为关键。有人认为朗布依埃夫人就是该剧的人物原型之一。莫里哀的另一部喜剧名作《女学究》（*Les femmes savants*，1672）亦取材于此。

在 17、18 世纪的巴黎沙龙里，贵族与富有市民、艺术家与学者聚集在一起，形成了一种远离宫廷和教会的新的公共空间。与贵族世界不同，沙龙基本上是一个开放的社交圈子，社会成分是混杂的，但在观念上是平等的。沙龙无视阶层和性别的界限，成为自由的思想交流场所。人们追求社交、精神和艺术创造性，消弭社会等级和歧视（例如对妇女和犹太人的歧视）。沙龙常客能够保证话题的持续性，人们在那里畅谈文学、艺术、哲学或政治问题。

沙龙的历史与欧洲启蒙运动密切相关。在整个 18 世纪，法国沙龙对启蒙运动的发展有着非同一般的意义，并培育了法国大革命的土壤。有学者甚至认为，18 世纪的沙龙更像哲学家聚会的场所。丰特奈尔（B. de Fontenelle）、拉莫特（A. de La

Motte）、伏尔泰（Voltaire）是杜梅讷公爵夫人（D. du Maine）巴黎南郊索城宫殿的常客。丰特奈尔、孟德斯鸠（Baron de Montesquieu）、马里沃（Ch. de Marivaux）、阿根森（R.-L. d'Argenson）、圣皮埃尔（A. de Saint-Pierre）时常出入于朗贝尔夫人（M. de Lambert）的沙龙。马蒙泰尔（J.-F. Marmontel）、爱尔维修（C. A. Helvétius）、博林布罗克（Lord Bolingbroke）则喜欢造访公爵夫人当桑（C. G. de Tencin）的沙龙。

尤其是乔芙兰夫人（M.-Th. Geoffrin）、杜德芳侯爵夫人（M. du Deffand）、雷丝比纳斯夫人（J. J. de Lespinasse）、德爱皮内夫人（L. d'Epinay）、内克尔夫人（S. Necker），她们的沙龙几乎见证了法国启蒙运动的高潮，大多数 18 世纪下半叶法国的天才人物都出入她们的沙龙：达朗贝尔（J. d'Alembert）、布封（C. de Buffon）、孔多塞（M. de Condorcet）、狄德罗（D. Diderot）、格林（M. Grimm）、爱尔维修、霍尔巴赫（P. Holbach）、拉哈珀（J. F. de La Harpe）、卢梭（J.-J. Rousseau）、杜尔哥（J. Turgot）。

沙龙在 18 世纪的新发展，以“理性交际”为观念前提，这使沙龙文化与启蒙运动的联系彰显无遗：在百科全书派中，“沙龙”发展为一种艺术批评形式。随着以沙龙命名的艺术展的不断兴盛，也出现了公开的艺术批评：18 世纪最著名的艺术批评家当数狄德罗，他总共撰写了九篇沙龙评论，这也是现代意义上的艺术批评之起源，其批评文字至今令人钦佩。自 1759 年起，也就是狄德罗给其艺术随笔冠以 *Salons*（《沙龙》），这一法语词的运用得到了重要拓展，常见于后来的艺术批评。在法国，承袭这一用法的有波德莱尔（Ch. Baudelaire）、左拉（É. Zola）等人，在德国则见之于海涅（H. Heine）。

如前所述，17 世纪的巴黎沙龙是贵族、知识人和艺术家喜爱的聚会场所，能够出入于朗布依埃夫人、雷卡米埃夫人（J. Récamier）、斯居戴黎夫人（M. de Scudéry）、赛维涅夫人（M. de Sevigné）等著名沙龙是一种特权和荣誉。贵夫人们把不同的贵族圈子与市民社会的知识人和作家聚拢到一起。高乃依得以在沙龙中推出他的剧作，观众多半是上流社会有影响力的人。被一个著名沙龙认可的诗人，或能在那里演出自己的剧作，展出自己的作品，可以很有把握地得到巴黎社会的认可。就文学而言，沙龙也是作家和学者们的社交场所，是现代文学生活之公共场域的原初形态。尤其在 17、18 世纪，巴黎沙龙是许多文学思想或倾向的滋生地。

前文所说“préciosité”（我暂且译之为“典雅派”），约在 1650 年之后演变为一种潮流。它在很大程度上源自朗布依埃夫人的蓝屋。1661 年，德叟梅思（A. B. de Somaize）的《典雅派大辞典》（*Le grand dictionnaire des pretieuses*）问世，其中附有此前一年由他主编出版的《私密天地言谈之钥》（*Clef de la langue des ruelles*），也就是沙龙语言要领。这对当时的法语和文体都产生了重大影响。《典雅派大辞典》共列出 400 名法兰西名人，称其为 préciosité 的推动者，并把 préciosité 定义为群体现象。同样，朗布依埃夫人沙龙里形成的（用今天的话说）关乎文学生产、传播和接受方面的交际活动，也在典雅派那里得到传承。

文学沙龙堪称最典型的沙龙，沙龙起始就少不了文学话题，比如朗布依埃夫人沙龙中的谈资。可是，明确地起用“沙龙”作为文学社交概念，还是后来的事。作为“文学交际”（société littéraire）的同义词，“沙龙”见之于马蒙泰尔的回忆录（1800—1806），或斯达尔夫人（Mme de Staël）的小说《柯丽娜》（*Corinne ou l'Italie*，1807）。沙龙被看作文学交际的一种特殊形式，也是现代文学之公共领域的萌芽。

就此而言，我们还可以把目光转向欧洲其他地方：

文学沙龙在 18 世纪的德意志土地上走红，成为市民社会的交际场所，贵族一般采取敬而远之的态度。在德意志诸侯领地，沙龙原本只是宫廷的特权和习俗。然而时代发生了变化：魏玛的阿马利亚公爵夫人（A. Amalia）的“诗神苑”（Musenhof）得到维兰德（Ch. M. Wieland）和歌德（J. W. von Goethe）的赏识，他们经常出入其中，为德国古典文学的兴盛做了准备。范哈根夫人（R. Varnhagen）的沙龙是柏林浪漫派的活动中心，洪堡兄弟（W. und A. von Humboldt）、施莱尔马赫（F. Schleiermacher）、费希特（J. G. Fichte）、施莱格尔兄弟（A. W. und F. Schlegel）、蒂克（L. Tieck）、海涅常在那里高谈阔论艺术、科学和新思想。19 世纪 20 年代，维也纳的舒伯特（F. Schubert）聚会，则是一种音乐 / 文学沙龙。

在俄国，沙龙女主人弗贡思卡佳侯爵夫人（Z. Volkonskaja），本身就是一个作家。在 1825 年十二月党人的起义惨遭镇压以后的沉重岁月里，她的莫斯科沙龙是进步作家如普希金（A. S. Pushkin）、密茨凯维奇（A. Mickiewicz）

等人交流思想的地方。19 世纪 40 年代，彼得拉舍夫斯基（M. Petrashevsky）的沙龙则是更典型的文学社团，那里传播的傅立叶（Ch. Fourier）和费尔巴哈（L. Feuerbach）思想，对陀思妥耶夫斯基（F. Dostoyevsky）、波雷斯耶夫（A. N. Pleščeev）、谢德林（M. Saltykov-Shchedrin）那样的年轻作家产生了很大影响。

从文化地理上看，18、19 世纪和 20 世纪初，沙龙主要集中在欧洲都市和国都，那里有滋生沙龙的良好土壤，例如蒙塔古夫人（E. Montagu）的沙龙（伦敦），斯达尔夫人的沙龙（瑞士科佩），雷卡米埃夫人的沙龙（巴黎），贝鲁奇夫人（D. E. Peruzzi）的沙龙（佛罗伦萨），楚克尔坎窦夫人（B. Zuckerkandl）或阿恩施泰因夫人（F. von Arnstein）的沙龙（维也纳），范哈根夫人或赫尔茨夫人（H. Herz）的沙龙（柏林）。

前文说及狄德罗的沙龙随笔，那是他应好友、德裔记者、艺术批评家和外交家格林（M. Grimm）男爵之邀，为卢浮宫两年一度的艺术展而撰写的九篇“专栏”文章（1759—1781），发表于格林主编、供欧洲少数精英和贵族阅读的手抄刊物《文学、哲学和批评通讯》（*Correspondance littéraire, philosophique et critique*）。这便涉及法语“salon”的另一个义项，即“艺术展”。下面我就简单胪列一下法国 Salon 艺术展的历史发展：

Salon/ 艺术展可追溯至 1665 年的第一次皇家艺术展，那是一次不对公众开放的沙龙。嗣后，国王路易十四于 1667 年特许法兰西皇家美术学院成员在卢浮宫展出其作品，国家资助的“巴黎沙龙”（Salon de Paris）从此展开。1669 年，艺术展首次将展馆设在卢浮宫的大画廊（Grande Galerie）；战争或其他原因，迫使艺术展时断时续。直至 1725 年，展会一直在大画廊举办，此后移至卢浮宫方形沙龙（Salon Carré）。1737 年至 1748 年，艺术展每年一届（1744 年除外），此后至 1794 年为双年展。展品多的时候，卢浮宫阿波罗沙龙（Salon d’Apollon）亦充展厅。因为展会总在春季举办，人们后来习惯称之为“五月沙龙”（Salon de Mai）。

这些艺术沙龙中展出的作品，均由 1748 年成立的遴选委员会严格审定，都很符合皇室艺术趣味亦即主流风格取向和品味，基本上只有皇家美术学院成员才能参展。1665 年至法国大革命的 1789 年，38 次艺术沙龙每次只展出 40 至 70 位艺术家的作品，其中约四分之三为绘画作品，其余为雕塑等作品。进入 19 世纪以后，这个官方展会成为法国首都万众瞩目、最具魅力的文化活动之一。1848 年之后，这个艺术沙龙在巴黎大皇宫（Grand Palais）举办；直至 1890 年，巴黎沙龙是西方最大的艺术展，学院派艺术的标志。19 世纪末、20 世纪初，因法国政府自 1881 年停止赞助“巴黎沙龙”，随着“法国美术家协会”（Société des Artistes Français）举办的国家沙龙，以及“独立沙龙”和“秋季沙龙”的崛起，特别是前卫艺术的问世，“巴黎沙龙”日渐衰微。

1848 年革命以后，尽管不属于美术院的艺术家也能力争参展，但是遴选大权依然在美术院成员之手，而这些人只认可传统风格的作品。于是，被拒绝的艺术家提出抗议，最终得到拿破仑三世允准，于 1863 年创立“落选者沙龙”（Salon des Refusés，亦可译为“淘汰作品展”），展示自己的作品，以供大众评判，其中包括库尔贝（G. Courbet）、布丹（E. Boudin）、塞尚（P. Cézanne）、马奈（É. Manet）、毕沙罗（C. Pissarro）等画家的作品。这个艺术史上非同一般的对立沙龙的问世，被许多艺术史家视为现代艺术的诞辰。落选者沙龙一鸣惊人，在巴黎引起极大轰动；次年，印象派艺术家开始举办自己的落选者沙龙。

1884 年，不被皇家美术院接受的独立艺术家成立了“独立沙龙”（Salon des Indépendants），以此与官方的“五月沙龙”分庭抗礼。“独立沙龙”创始人包括新印象派画家杜波依斯—皮勒（A. Dubois-Pillet），象征主义画家、版画家雷东（O. Redon），点彩画派代表人物、新印象派画家秀拉（G.-P. Seurat）和希涅克（P. Signac）。由于没有自己的评委，他们既不评选也不颁奖。然而，“独立沙龙”及其主办者独立艺术家协会（Société des Artistes Indépendants）在创办后的三十年间，与后来创建的“秋季沙龙”（Salon d’Automne）一起，成为 20 世纪早期西方艺术的领军者。

1889 年，也就是巴黎举办世博会那年，官方沙龙成员在参展问题上的不一致意见，导致艺术家群体的分裂，其中许多人后来在“法国美术家协会”的名下，每年举办一次艺术展。独立于法兰西美术院的还有出生于比利时的巴黎建筑师、艺术评论家茹尔丹（F. Jourdain）于 1903 年领衔创建的“秋季沙龙”，对抗官方的巴黎沙龙。塞尚、野兽派（Les Fauves）创始人及代表人物马蒂斯（H. Matisse）、后印象派画家高更（P. Gauguin）

等艺术家都曾在此展出作品。1905 年出现在秋季沙龙的野兽派而外，这里还于 1910 年展出了立体派（Cubism）的作品，这是布拉克（G. Braque）和毕加索（P. Picasso）创立于 1906 年的前卫艺术流派，对 20 世纪早期的欧洲绘画与雕塑带来革命性影响。除了“高雅艺术”（Arts Majeurs），秋季沙龙还展出建筑模型、雕塑作品和工艺品，实为 20 世纪最有影响的绘画、雕塑及装饰艺术展。

关于“艺术展”意义上的“沙龙”，刘半侬（刘半农）的节译作品《灵霞馆笔记：倍那儿》（载《新青年》第三卷第六号，1917 年 8 月 1 日），说及法国天才女演员倍那儿（Sarah Bernhardt）的“《风清雨过图》‘After the storm’经法国 Paris salon 赛会给予优等奖章”。李思纯在《平民画家米勒传》（载《少年中国》第二卷第十期，1921 年 4 月 1 日）一文中，讲述了米勒“第一次出品，陈列于展览会，（salon）在 1853 年。共展出作品三幅，《刈草者》（the reapers）、《一个牧羊人》（a shepherd）、《剪羊毛者》（the sheep-shearers），便小有名誉，得了第一次的纪念奖品”。他还提及“一八五七年的（salon）中，亚布君（Edmond About）对《拾落穗》一画的批评”。在《宗教问题杂评》（载《少年中国》第三卷第一期，1921 年 8 月 1 日）中，李思纯再次说到“巴黎一八五七年的 salon，正是自然派的平民画师米勒（J. F. Millet）陈列他的名作《拾穗》……”同年，田汉在《恶魔诗人波陀雷尔的百年祭》（载《少年中国》第三卷第四期，1921 年 11 月 1 日）一文中音译“salon”，说波德莱尔的“文学生活从投书新闻杂志，批评1845—1846年的沙龙为始”。

至于文学沙龙亦即“文学交际”意义上的沙龙，李劼人在论述《法兰西自然主义以后的小说》（载《少年中国》第三卷第十期，1922年5月1日）时，援引了西方的一种观点：“古典主义的文学，只是为沙龙（Salon）作的；罗曼主义文学，只是为文会作的，只是为新闻界艺术界上等人物作的，只是为自己消遣作的；直至写实主义出现，始一扫前弊。”上文或许可以让人推断：斯时，不少中国学人和文化人似乎已对“沙龙/Salon”概念有所了解，至少是那些崇洋趋新的文化人已经认可这一概念。

欲望地理的荒诞和美*

一般说来，传说很少带有色情味，却常常是振奋人心的。但不管怎么说，传说是动听的，优美的。在长篇小说《欲望地理》中，瑞士当代著名作家费德施皮尔（Jürg Federspiel，1931—2007）讲述了一个富于童话色彩的传说。作者在这部作品中又一次显示出他是一个虚构大师，用他带着性感而又奇崛有力的文笔把读者引入一个个荒诞不经的场景，但却不无传奇色彩。作者将故事娓娓道来，颇富诗意。

劳拉是个美人儿，足以让造物主飘飘然："挺秀、柔嫩，丰盈得很。一个急促的动作，身上香甜的重量会让有些部位微微颤动。"更有那迷人的臀部！不错，她身上"最精彩的部位当数她的臀部，宛如圆规画出来的完美无缺的圆形，紧绷绷的尽如人意，光亮的肤"。费德施皮尔原来给他的作品起名为《劳拉的皮肤》，这要比现在这个书名贴切得多。《欲望地理》叫人怀疑出版社在有意炒作，在和色情趣味凑热闹。但是，苏尔坎普出版社毕竟是德国绝对顶尖的出版社，是现当代德语名作家的大本营，不是第一流的作品休想问津。

---

* 本文原为费德施皮尔著、方维规译《欲望地理》（南京：译林出版社，2000 年）的"前言"，另载《译林》2001 年第 2 期，第 209—213 页：《美的荒诞，荒诞的美——〈欲望地理〉评析》

确实，整个故事都围绕着这个名叫劳拉的十九岁姑娘的皮肤展开。故事情节分两大部分。第一部分讲述了意大利米兰的一个名叫罗布斯蒂的巨富，在他七十岁生日那天，不但恋上了自己的财富，也恋上了劳拉。她天真轻佻，是使男人幻想百生的女性。“她就像夏天里的春天，眼下正是夏天：她的姿容使季节倒错。……她的唇像法拉利赛车的红色一样耀眼。所缺的，只是暴风雪。”罗布斯蒂别出心裁地要把“世界”送给劳拉。这个世界是一件旷古未见的艺术品；艺术品的原材料则是劳拉的身子！罗布斯蒂委托美国圣菲市的文身大师奥黑尔在劳拉的臀上刺上东西两个半球。作为交换条件，劳拉可以如愿以偿地获取大量财产。就这样，奥黑尔在劳拉浑圆的臀上刺出了一个美丽的肉地球！球体充满乐感，毛孔中散发出维瓦尔第的《四季》。毋庸置疑，费德施皮尔笔下的这一“欲望地理”既荒诞又洋溢着激情。

奥黑尔和罗布斯蒂都没福气享受这样的艺术品。“当代最著名的文身大师”在完成了他举世无双的杰作之后神秘地死去；罗布斯蒂也在“欲望的地球”上寻求刺激、行欢作乐的当口一命呜呼，留下了三十四个私生子。而我们的女主角则因为臀部的刺纹而一举成名，身价百万。

在小说的第二部分中，劳拉已经从一个“艺术品”转变为行动的主体。作者以轻松诙谐、充满讽刺的笔调叙述了劳拉同她的女友露西娅的美国之行：“欲望地理”巡回展。一个晚上的进项足以买下意大利的一家点心店。肉地球不但引起了美国社会的轰动，也赢得了《地球杂志》元老们的惊叹与著名皮肤医师的喝彩，自然也让权贵们叹为观止，还有那些流亡美国的总统和将军。尤其富有诗意的是故事的完满收场，也就是女主角对一个纽约盲人的“一发不可收”的爱情。她已经厌倦巡回展，最后嫁给了盲人。幸亏是个盲人！他可以欣赏维瓦尔第的音乐，却永远无法得知她的文身，这是她特有的贞操。可不，她不用像意大利老家村子里的姑娘那样，都为在新婚之夜证明自己的清白而发愁。这个辛辣的秘密，正是小说只可意会、不可言传的道德性所在。正因为劳拉身价无比，她的文身“欲望地理”的市场价格与日俱增，最终成了资本主义投机生意追逐的对象，遭到了美国的日本黑社会的追踪。他们要出百万巨资揭下劳拉的活皮。好在小说里经常出现一些《圣经·旧约》或犹太教里的保护神，就在最危险的关头，天使救助了劳拉，把她同盲人送回了意大利。在作者看来，我们这个充满罪恶的世界最终还将受到神的保佑。最后，劳拉和盲人以及两个孩子生活在意大利的一个充满田园风光的小镇。因为她漂亮非凡、助人为乐，小镇上的人干脆称她为“天使”，连牧师也时而感叹说：“上帝得把我们这个地球托付给劳拉才是。”他当然无法得知，上帝多少已经成人之美。

故事充满了虚幻的转折、奇迹般的拯救以及完满的结局，这是一种不折不扣的童话。日本人送给劳拉的三千年才成熟的班托桃，吃了就可以永远健康，长生不老，也只能是童话。童话在圣菲市达到了高潮：奥黑尔出现在空中，宣告“文身时代开始了。艺术属于大家。害羞的时代一去不复返了。上帝宽恕了我们。我们的皮肤就是我们的衣服。它属于我们”！对罗布斯蒂和奥黑尔来说，皮肤是最伟大的，人的皮肤是造化之最！因此，他们要超越造化，要把皮肤弄得更完美，创造出自“蒙娜丽莎肖像问世以来最重要的作品”。“皮肤是人体最深层的东西”便是《欲望地理》的扉页题词；这句根据保罗·瓦莱里的意思做了幽默和反讽加工、在哲学或心理学上似乎自相矛盾的句子，在作品中又先后出现了两次。“超越造化”的过程充满了滑稽与讽刺。有时只是淡淡的几笑，但含意却很深长。这已经不是传统的童话，这是现代童话：飞机，黑手党，金钱，色相。圣菲市童话般的新时代和“地球上的永久和平”只是欺人之谈。纽约的一个越战老兵正注视着残忍的鸽子大战。作者把现代大都市中“死魂舞”（斯特林堡）的离奇与错乱导演成童话传说。

费德施皮尔在一篇名为《上帝的兄弟格林》的寓言中曾写过这样的句子：“童话是残忍的、恶鬼般的、撒旦式的故事。”在现代童话中，噩梦便是现实，而且司空见惯。费德施皮尔自己的小说从来就是童话，而且是凶恶的童话。嘲弄挖苦以及对隐藏在日常生活中的罪恶的透视，正是费德施皮尔的一大特色。他善于写实，亦善于虚构；非真非假，真假难辨，这是费氏“童话”的基本特征。劳拉“像一只夏季出生的猫一样，体格健壮而富有弹性”。对于笔下生辉的费德施皮尔来说，这一描写似乎有点逊色，像是教科书上学来的东西。但是，这只猫的折腾，本来就是一种疯癫生存的一个疯癫的部分。光屁股则是一种借喻。虚构从来就是费德施皮尔的一大乐趣，作者在《欲望地理》中讲述的一些人和事，在当今世界似乎还不可能存在，然而，谁又能肯定地说这纯属杜撰呢？不错，这些人和事只是作者自已想出来的，但他用来写作的脑子却是活生生的。这就是真实，赤裸裸的真实，这是剥去了外套的现实。如果说作品的第一部分意在表现“人体本身就可以成为艺术杰作”，更多地展示了色情气息与想象，那么，第二部分主要在于说明：在当今世界，人体也可以卖大钱！劳拉的肉地球显示出当代文化市场的荒唐。作者以其独有的冷嘲热讽和漫画，实现了对现实世界的无情批判。作品的高妙之处就在于传奇和现实的巧妙结合：是传奇故事，也不乏艺术真实。它不仅能“让人想到人类文明最可怕、最不人道的低谷”，还揭示了污秽龌龊的世界，且常常用漫画的笔调。

烛灯终于被吹灭了。除了突发的咳嗽声，打哈欠的声音，还有让人难受的屁声，大厅里一下子沉寂下来。

两道聚光投向奥曼伊·奥黑尔的杰作。

昔日权贵中的几个人让仆人递过望远镜，笨重地站起身，张着大口感叹不已。肉欲冲动了，神魂颠倒了。

热烈的掌声想必是要表明，世界终于在它应该在的地方亮相了，它是可征服的，可占有的！

很多人的手挺直地举在将军帽旁，热泪盈眶。

扬声器里一首接一首地放出十七首名声不佳的国歌，与此同时，总有一个往日的独裁者带着他的整班军官人马全体起立，同声高歌，目光始终紧紧地盯着劳拉的文身世界。

聚光灯熄灭以后，这些被赶跑的权贵们相互握手和敬礼，他们的助手则手拿纯金和钻石，争先恐后却不失体统地涌向女神的衣帽间。

有人开始争斗，但就像在将军和独裁者中常见的一样，决斗并没有流血，只是以怒吼而告终。

当然，《欲望地理》并不是一个悲壮的传奇。传统小说与现代意识的碰撞，一方面使作者得以用极短的 54 个章节来展开不平常的故事，但他不去根究现实，这是读者的事情。他相信直觉胜于对客观事实的分析。另一方面，天使的频繁出现，虚幻而又浪漫，更给小说增添了童话色彩与童话的视角。天使和人的直接沟通，是一个成功的虚构。作者信誓旦旦地说，这些天使确实存在，对此我们也许不必当真。各种天使多半是来无影去无踪，表面上不太干预事态的发展，却在暗中组织小说的结构，这是写作上的一个花招。天使各有自己的职责和管辖范围，他们对一些事情和状态的评论，往往带有总结性的意义，同时也为了拉开叙事者与叙述客体之间的距离，省得作者多费口舌吃力不讨好。还有什么能比“天意”更有说服力呢？且看能够拯救凡人脱离自我愚昧的天使荷德尼尔，他在罗布斯蒂离开人世的当口，“正张口结舌地站在天界，看着罗布斯蒂脱俗归天。荷德尼尔一声不响地让他从自己身边走过，轻蔑地咬了一口挂在智慧树上的苹果”。

《欲望地理》——这也许会让人想到性欲横流，欲壑难填，或者猜想情欲的区域和分布之类的事。然而，与这个书名以及这本书给人的第一印象相反，《欲望地理》肯定不是一本色情小说，更谈不上淫秽。从总体以及小说结构上说，它讲的是艺术家和“艺术品”的故事，讲的是劳拉和一个盲人的爱情故事。

与其说劳拉是小说的主角，不如说她是一个偶像，如蒙娜丽莎或安琪儿一般的偶像。这个活艺术品从心底里反对被人占有，她是唯一能够决定自己主人的艺术品："得由艺术品自己说了算。"因为用来创作这个艺术品的是"男人所能拥有的最迷人、最娇嫩的原材料"，所以作品中颇多性感描写，真可谓欲望幻想之大观。我们在这里见到的是一个作家，他要讲故事，而且要肆无忌惮地讲他的故事。他是在继承薄伽丘以来的一种文学传统。他不忌讳赤裸裸的东西。他时而旁敲侧击，时而直截了当，有时，他的直言委实叫人吃惊。然而，他的语言是贴切的，几乎在用自然科学的兴趣来揣摩我们这个世界上的怪异和荒诞。费德施皮尔给我们展示的"艺术品"既是荒唐的，又是美丽的，他展示了一个荒谬宇宙中的尴尬处境，这便是《欲望地理》的力度。这是当代人间喜剧，对这种喜剧只能用黑色幽默。书中的一段话是对整个作品的一个很好的注释：

> 犹太教法典中写着，天使从来不笑。并不是不许他们笑，这是没有的事。只是在他们眼里一切都带有喜剧色彩。什么都可笑，因此笑也就成为多余。

这本书可以视为寓言、童话、传奇；按照文学理论的正规说法，它是一部长篇小说。真有些"不伦不类"。也许，我们把它看作富有诗意的电影剧本会更确切些，作者感兴趣的是画面。讽刺、象征、性感，连一些形而上的东西也很有趣。费德施皮尔所用的语言不会把人拒之门外，而是吸引读者兴致勃勃地参与进来。电影剧本般的对话恰到好处，不多啰嗦。作者对自己的语言和感觉很自信，读者似乎能摸到他的感觉；而表达这些感觉的，则是没被用烂的全新的语言，淋漓尽致。也许正因为如此，费德施皮尔对小说结构似乎持无所谓的态度，只要能把故事讲下去就行，讲到他要讲的收场。他的作品从德语文学走向了世界文学，然而，他是一个我行我素的独行者，不依附文学上的任何流派。难怪《时代周刊》说他的作品是“独一无二的怪物，性感，放肆，无可比，也无法混淆，是小说的一块原始石头”。

偶然之事所带来的取之不尽的幻想是文学的力量，费德施皮尔认识到了这一点。他的作品多少反映了超现实主义所强调的梦幻，写“事物的巧合”。“偶然”是他的跟踪点，也是他编排情节的素材。但是，他的偶然自有生活的根基。有些作家是为了写作才有的放矢地去收集素材，甚至还有人大量收集材料而来不及写作。费德施皮尔绝对不是这类作家，他是一个生活经验丰富的人。他的素材就在家门口，在他的梦里，在每一个街角，在报刊上；他去过世界上好多地方，他是收集资料的能手，尤其喜欢收集稀奇古怪的东西。因此，他的作品就像一个满满的水桶，偶然中充满了现实，充满了日常生活。发现了，看穿了，写下了。他喜欢调侃，甚至不怕破坏故事情节；但是，他的戏言闪烁着智慧的光芒，往往只是三言两语。有时一句话便讲了一个故事，把他的所见所闻浓缩到最小的程度。可不，简洁、锋利、辛辣是他的特色，《欲望地理》是他篇幅最长的作品。

费德施皮尔 1931 年出生于瑞士，曾在巴塞尔、巴黎和柏林生活，做过电影评论员和不少报刊的记者。他 1967 年至 1970 年生活在纽约，1970 年至 1972 年在越南做战地记者，这些都在《欲望地理》中留下了痕迹。第一本小说集《甜橙与死亡》（1961）便大破常规，使他声名鹊起，其最明显的特点是长话短说。第一部长篇小说《月亮上的屠杀》（1963）却很一般；接着是短篇小说集《带来幸福的男人》（1966），又显示出他的写作才能。他的声誉主要来自报道和短篇小说。早期的记者生涯既让他练笔，又让他成为一个出色的观察者，直言不讳且讲求准确。而在短篇小说里，他已经把见闻与臆造糅合在一起（《展览憎恨的博物馆》，1969；《图豪伊特·玛丽的谣曲》，1982）。他自己称之为寓言集的《爱情是天的威力》（1985）颇多讽喻。发表于 1989 年的《欲望地理》，是他写作风格的荟萃，获得评论界的喝彩。《新苏黎世报》认为他是“当代瑞士文学最重要、最富特性的作家之一”。《纽约时报》也觉得他“名不虚传，是一个出类拔萃的作家”。

最后，我们再来看《欲望地理》中一再出现的联想，常常打断了故事情节的流畅发展。作者特别喜用的调侃方式是对时间的联想，把一个毫不相干的同等时间与故事情节联系在一起。这种意识流显然是有意“离题”，为了让讲故事的人与听故事的人都可以放松一下。试举例如下：

> 罗布斯蒂目不转睛地看着手表，就像工程师在阿波罗十一号发射前看着秒针的行走，时间一秒一秒过去。
>
> 一秒钟之内可以发生些什么呢？地震的第一次震波一

秒钟可传播五英里，电话所拨的号码可以在同样的时间里让十万里以外响起电话铃声，比流星的速度更快，走得更远。流星一秒钟只飞四万英里。

这时，一秒钟一秒钟时间溶解为一个个原子。

一秒钟：宇宙中的流星一秒钟行走四万英里。

一秒钟，但也只有一秒：在这短得可笑的时间里，成人体内要死去八百万红血球。

一个由疯狂崇拜者组成的代表团等在阿尔伯克基机场。劳拉在人堆里签名用了二十多分钟时间，一只大龙虾能证明这段时间不短：把它活生生地扔进开水里，得煮二十分钟时间，才能端上桌让美食家享用。

这些联想颇为独到，而且，我不怀疑那些数据的准确性，读者也能感到其中的幽默和智慧。但是，一而再，再而三，便会让人感到费德施皮尔在卖弄，并给人堆砌和累赘之感。我们不妨再举几个例子：罗布斯蒂正看着手表，“二十一分钟过去了，根据医学统计，切除痔疮就用这么长时间”。“劳拉大惊失色，惶惑了二十七秒钟；二十七秒，正是日本川崎的食品机给意大利博洛尼亚面条加温所需的时间。”一些在教堂里打盹的信徒“从他们的信念中惊醒两秒钟，曼哈顿的灰色松鼠，通常只用两秒钟时间交尾”。

作者还提到：“有人也许会对以下这点感兴趣：一个新生

儿的脑子在一分钟内能长两毫克。”我也不怀疑这一点。不过我在想，我用了五个小时念完《欲望地理》的原文，翻译这本书的时间很难计算。作为一个早已成年的人，我当然不再指望脑容量的增长，不萎缩就谢天谢地了。翻译这本书花去了不少时间和脑筋，我只希望没有白费工夫。

话说“陌生化”*

记得在2004年，邹元江教授在德国特里尔大学访学期间，我曾送给他一本自己撰写的德文小书《布莱希特与鲁迅：论“陌生化效果”》。我俩谈天说地，并未多谈布莱希特，话题倒是涉及不少马克思主义和“西马”问题，可能是客居马克思故乡的缘故吧。我知道他是研究哲学的，而且对戏剧涉猎颇深，不仅在求学期间演过戏、写过剧本，大学任教之后发表了不少戏剧专论。最近拜读他的大作《中西戏剧美学陌生化思维研究》（人民出版社，2009年，下称《陌生化》），我才知道他还是一个名副其实的布莱希特专家。

从事文学和文学研究的人，提起“陌生化”或“陌生化效果”，马上会想到20世纪德国的伟大剧作家布莱希特。而在中国，人们还会想到梅兰芳于1935年早春在莫斯科的访问演出，如何给布莱希特的戏剧理论和实践带来新的启示，布氏当时也在莫斯科稽留。他于次年发表《中国戏剧表演艺术中的陌生化效果》一文，用“陌生化”来概括中国戏曲艺术的审美特征。对“陌生化”概念研究较深的人当然会知道，“陌生化”或“陌生化效果”并非布氏首创。这一概念已见于俄国形式主义代表人物什克洛

* 原载《中国图书评论》2013年第4期，第62—66页，原题《“陌生化”及“梅兰芳表演体系”的解构：评邹元江著〈中西戏剧美学陌生化思维研究〉》。

夫斯基的著述；他早在1917年的名文《艺术作为艺术手段》中，已经把艺术手法界定为陌生化或异化方法，甚至把“陌生化”定义为艺术的本质。并且，Остранение（陌生化）概念的“创制”，缘于什克洛夫斯基的笔误。之后，这一意外成就的术语也就将错就错地传开了。

英国学者魏勒特（John Willett）在其论著《布莱希特的戏剧》（1959）中断定，布氏“陌生化”概念与俄国形式主义批评家的“лрием остранения”概念极为相似，且与布莱希特1935年的莫斯科之行有关。此后，布氏戏剧理论中便频繁出现“陌生化”等时髦概念。其实，布氏“陌生化”概念还有一个重要来源，即马克思的“异化”概念。很早就深陷于《资本论》的布莱希特，把这一马克思社会学说中的重要概念变成自己戏剧理论中的关键词，甚至将“异化”（名词：Entfremdung；动词：entfremden）与“陌生化”（名词：Verfremdung；动词：verfremden）这两个词形相近的词看作同义词，偶尔出现“混用”现象。马克思的“异化”与俄国形式主义者的“陌生化”，无疑都对布氏思想有过较大影响；前者涉及哲学和社会学层面的东西，后者则基本上是审美层面的东西。布莱希特则将两个范畴融为一体，把陌生化变成进行哲学思考的审美方法，刻意用“陌生化”克服“异化”。这或许就是他有时把自己的戏剧称为具有实用性和哲理性的哲理剧之原因。

把“陌生化”看作一种艺术手段，其历史自然可以再往前追溯，如格里姆（Reinhold Grimm）在《陌生化》（1961）一文中所指出的那样，诺瓦利斯（Novalis）、雪莱（Percy Bysshe

Shelley）、埃尔里希（Victor Erlich）等人都提出过审美意义上的“陌生化”手法。诺瓦利斯在其《片段》中指出：“以一种舒适的方法令人感到意外，使一个事物陌生化，同时又是人们所熟悉和具有吸引力的东西，这样的艺术就是浪漫主义的诗学。”雪莱则说：“诗剥去笼罩在世界之隐蔽面容上的面纱，使熟悉的事物变得似乎不熟悉了。”（《文学与哲学批评》）这些都与20世纪的“陌生化”概念有着内在联系。体现于布莱希特的《伽利略传》，便是布氏所描绘的那幅不加掩饰的、常人不愿相信的场景：在教会的高压之下，伟大的科学家因为贪生怕死而放弃了自己的学说和真理。一个谁都知道的英雄，让人感到陌生了。

本来，世界上研究布莱希特的著述已经不计其数；关于“陌生化”或“陌生化效果”的论文也不胜枚举。作为“二战”以后的东德作家，布莱希特在中国得天独厚。早在20世纪50年代，黄佐临就在上海导演了布氏《大胆妈妈和她的孩子们》。他在《导演的话》（1959）中指出：“布莱希特所采用的名词——Verfremdungseffekt——，在我国有几种翻译，如‘间离效果’，‘离情作用’，‘陌生化效果’等。其实，如果我们将它译成‘破除生活幻觉的技巧’可能比较直截了当，容易理解，至少它能明确问题。”20世纪80年代以后，张黎、丁扬忠、余匡复等先生的译介文字和研究著作，以及一些外国相关论著的译介，一定让不少人以为，关于“陌生化”这一话题，该说的都已说了，该研究的也已研究完了。但是邹元江的论著《中西戏剧美学陌生化思维研究》，不仅让人看到这一研究专题还大有可为，而且还展示出一部独辟蹊径的出新著作有多么精彩。

该著的一大亮点，兴许也是其最突出的贡献，是作者结合中国传统戏曲来系统而深入地研究陌生化问题，不但丰富了研究视野，而且提出了新的问题。诚然，关于布莱希特戏剧与中国戏曲传统的关系，已有论文在先；但是如此在行的深入查考，此前还不多见。用作者的话说，《陌生化》的“学术焦点不仅仅是在陌生化理论本身，而是试图深入探讨中国艺术（尤其是最具代表性的戏曲艺术）的陌生化倾向问题。因此，这显然就不是一个接着布莱希特对中国戏曲表演艺术的陌生化效果的误读来论述的问题，而是一个需要重新全面审视西方陌生化理论，并在现当代西方哲学、艺术和美学等更广阔的思想背景下，在中国古代哲学、艺术和美学极为丰富的资源背景里，对中国艺术，尤其是戏曲艺术所内在蕴涵的具有艺术本体论意义的陌生化特征做出理论阐释和概括的问题。因此，这种研究视角就不是拘泥于西方或东方一隅，而是试图贯通东西方的艺术本体论思考”。应该说，作者基本上实现了他的学术追求。

要做这样的中西比较，对于“陌生化”问题的娴熟把握是必不可少的。对此，40余万言邹著给我们呈现的，简直就是“陌生化”概念之大观，或曰“陌生化”概念及其研究史的知识考古。无疑，要说清“陌生化”原理，还有许多戏剧理论上的连带问题需要阐释，其中包括不同戏剧理念的对照。从什克洛夫斯基到皮斯卡托（Erwin Piscator）和布莱希特的理论思考，或者斯坦尼斯拉夫斯基（Konstantin Stanislavski）、梅耶荷德（Vsevolod Meyerhold）、爱森斯坦（Sergei Eisenstein）等同时代戏剧同人的理论和实践，邹著都做了翔实而精到的梳理。要谈论戏剧，自然还少不了亚里士多德以降的西方传统戏剧美学和近现代大量西方理论，以及诸多哲学家（康德、黑格尔、胡塞尔、萨特、海德格尔等）的美学著述。当然还有詹姆逊《布莱希特与方法》那样的研究著作。

以往，布莱希特研究多半是文学史家和理论家的行当，或是戏剧理论和实践中的话题，而在《陌生化》中，我们见到的是一个深谙戏剧的哲学教授的功底，或是一个哲学教授说戏时的不同凡响之处。哲学思辨在该著中比比皆是，这似乎与布莱希特晚年乐于将自己的戏剧理论和实践称为“辩证戏剧”相吻合。布莱希特本来就把戏剧创作视为哲学思考的分内之事，是一种新型哲学家的专门工作。他曾提出未来的戏剧当为哲学戏剧。既然涉及哲学，“陌生化”就不仅是艺术形式和手法的问题了。邹元江不赞同詹姆逊在其《语言的牢笼》中将俄国形式主义的“陌生化”视为“纯形式概念”。他强调指出，俄国形式主义者关于“陌生化”的诸多表述，已远远超出艺术“手法”或“形式”所能涵盖的内容；陌生化问题也远远超出了文学艺术领域，从而具有深层的哲学意味。正因为作者看到了“陌生化”不是一般的艺术概念，也不只是艺术手法或表演方式，而是一个在20世纪文学艺术领域产生了巨大影响的思想潮流，他才会从哲学入手，见出形式主义陌生化概念中的非形式主义内涵。陌生化理论探索文学艺术的“内部规律”，关乎艺术之所以为艺术等问题（文学性，艺术性），因而具有艺术本体论建构的重大意义。邹元江的这些见解都是很有见地的。

在这部研究中西戏剧美学陌生化思维的论著中，最能产生陌生化之惊奇效果的，是作者对“以梅兰芳为代表的京剧精神”的解构，从而将熟悉的事物变成不熟悉的，目的在于获取新的认识。用“陌生化”理论的行话来说：读者见到的是件奇特之事，是他所不习惯的事，却又是他熟悉的事。黄佐临于1962年发表《漫谈“戏剧观”》一文，首次比较研究了“斯坦尼斯拉夫斯基戏剧观、梅兰芳戏剧观和布莱希特戏剧观”这三种“绝然不同的戏剧观”。这种比较思路又在20世纪80年代重被拾起。嗣后，“以梅兰芳为代表的中国戏曲艺术的审美精神”几乎成了一个不证自明的理论命题。对于中国学界擅长而习见的不假思索的拿来主义，或者人云亦云之风气，邹元江提出如下问题：梅兰芳是不是“京剧精神”的最高体现者？梅兰芳是不是中国古典戏曲审美形态的终结者？梅兰芳的演剧观是否能构成中国戏剧艺术表演体系的核心？提出这些问题是需要底气的，而从该著翔实的论证来看，作者底气十足。并且，他颇有胆识地对上述问题给出了否定的答案：“梅兰芳表演体系”这一命题或预设是难以成立的！对于半个世纪以来占主导地位的中国戏曲理论来说，否定梅兰芳为“京剧精神”的最高体现者，无疑具有颠覆性意义。

在作者看来，梅兰芳接触过日本新剧，他周围的冯幼伟、齐如山、李释戡、吴震修等文人士子向他灌输的西方戏剧观对他影响颇深，而他并不深厚的文化底蕴制约了其判断力和理解力。迎合西方戏剧的审美趣味，一直是梅兰芳以及以他为核心的中国戏曲界的复杂心态。梅氏琢磨了几十年的戏曲改革，即见之于其表演艺术的心理体验和摹仿性等，与传统中国戏曲艺术的非历史本事、非心理体验、非性格塑造的纯粹审美创造格格不入。作者视之为“本末倒置的转换”，虽然也有唱、做、念、打，但已失去了传统戏曲的本体意义亦即传统京剧的审美精神。于是，他的结论水到渠成：所谓“以梅兰芳为代表的京剧精神”，实为一个特定历史时代戏曲美学思想泛西方化、泛斯坦尼斯拉夫斯基化的产物。梅兰芳的表演理念是驳杂含混、自相牴牾的，其戏剧理论并不清晰，不是中国传统戏曲美学之原汁原味的体现，而是经过西方戏剧理论的裁割和改造而形成的“杂交品种”。这些论断对诸多戏曲理论名家乃至广大戏曲票友的冲击力之大是毋庸置疑的，甚至给人带来偶像倒塌之感。之所以形成冲击，是因为中国学界长期以来对戏曲艺术的评价标准，多半已经离不开“典型”“体验”“性格特征”“生活逻辑”等不见于传统戏曲审美范畴的西化概念了。于是，对梅兰芳表演艺术和戏曲审美观的理解，基本上也是西化的、斯坦尼斯拉夫斯基化的。对于这些观点，很可能会有人提出反驳意见，学术争鸣自然有益于认识的提高，可是相关讨论无疑要在一个新的、更高的起点上进行。

作者对梅兰芳表演艺术中的非戏曲、非京剧审美精神的评析是令人信服的，对不少问题的反思也独具慧眼。不过，若赞同作者对梅兰芳表演艺术的解构，认为梅兰芳不足以代表真正的戏曲艺术之审美精神，即以“表现”为核心的“表演”，以及“行当”的程式丰富性所带来的审美享受，其实还无法令人信服地推翻“梅兰芳表演体系”之说。作者没有回答或忽略了一个重要问题，即梅兰芳缘于扎实童子功的独绝技艺及其表演程式与他推崇的西方表情论和体验派戏路相结合，为何不能成为体系？我完全知道，邹元江并没有否认梅兰芳表演艺术的惊人成就，他在很大程度上是在探究梅氏戏路的“纯”与“不纯”的问题，也就是能否代表传统的问题。如果我没理解错的话，他把梅兰芳的戏剧理论和实践看作一种“杂交品种”，这在其旨在正本清源的语境中是偏贬义的，至多只是中性评价。但我提出的问题是：中西结合的杂交品种为何不能成为体系？要确认或推翻这一疑虑，或许需要较为充分的阐释。

所谓“杂交品种”，不禁使我想起20世纪80年代以来的后现代、后殖民主义、文化研究、全球化、离散文化等理论探讨中的一个关键概念，即新近备受关注的“杂交”或“杂合”（hybrid，hybridity）概念。当然，在谈论艺术形式的时候，“杂合”绝然不是诸多认同理论所说的文化认同的杂合特征，而是传统意义上的“杂合”，即不同质因素的结合。如果杂合亦可成为体系，定然有其研究价值，或许也可用于梅兰芳研究。无论如何，“杂合”本是艺术中的常见现象，巴赫金早在其语言哲学中阐述过“杂合”形式及其“多声部”文本。布莱希特在其戏剧实践中也曾一再指出，亚里士多德式的、注重心理体验的戏剧性戏剧与他所倡导的叙事剧并不是完全对立的，他的尝试只是重心的转移。从这个意义上说，“叙事剧”也是某种程度上的杂交品种。

在《陌生化》中，我们能够见到作者所发现的许多“误读”现象，这不仅显示出作者的敏锐，更在于其谙练的深入研究。在他看来，布莱希特对中国戏曲陌生化效果的认同，即他在艺术本体论意义上对中国戏曲艺术之陌生化效果的阐释，只是其一厢情愿的误读。的确，传统中国戏曲“无声不歌，无动不舞”的陌生化效果，是同布莱希特旨在社会批判的陌生化效果完全不同的。布氏“陌生化效果”的出发点和指归是理性、认识、批判和介入，而这都不是中国古老戏曲的主要追求。中国戏曲的审美创造所追求的是“从‘尖新’出之，则令人眉扬目展，有如闻所未闻”（李渔语）的审美陌生化效果，从而获得愉悦或心灵的舒展。因此，作者认为俄国形式主义、布莱希特和中国戏曲所追求的“陌生化”有其相通之处，但是不可一概而论：俄国形式主义偏重“纯形式”的探索，布莱希特关注艺术的社会批判效果，中国戏曲艺术则讲究文与质、丽与则、高台教化与载歌载舞的融合。这里自然只是强调各自的主要特色，不能排除俄国形式主义的思想根源和哲学基础，布莱希特早、中、晚期戏剧实践之间的差别，还有中国戏剧审美创造中“意取尖新”而外的道德诉求。

邹元江对诸多“误读”的清理，让我想起顾彬的一篇机智而富有哲理的论文《误解的重要性：重新思考中西相遇》。其实，中西交往的历史充满了误解。我赞同顾彬把误解看作人类的一种权利。他认为误解可使我们以新的方式观察某事并发现其深度，亦可让我们以新的目光审视自己。惟有某种程度的理解，才会发生误解。因此，理解是误解的补充，反之亦然。顾彬从阐释学角度所说的误解，是指哲学意义上的错觉，而非创造性误解。而在布莱希特那里，我们更能见到的是创造性误解。正是他那一厢情愿的误读或误解，使其叙事剧之“陌生化效果”受益匪浅。他凭借一个艺术家的直觉，展示出“一知半解”的高妙。

从接受美学的角度来说，所谓“误读”更是正当的。读者（接受者）不是被动的，而是主动的。作品在不同的阅读过程中获得意义，因而允许多种阐释，具有多种含义，而不是只有一种“真确”的含义。接受过程直接与接受者的教养、期待、理解、性情和趣味有关。阐释或领会属于创造意义的“审美体验”。伽达默尔也在强调艺术作品的多义性和含义变迁时指出：“我根本没有否认，艺术品在它的时代和世界中的表达方式……也规定了它的意义，亦即规定了它如何向我们说话的方式。这就是效果历史意识的要点，即把作品和效果作为意义的统一体进行考虑。我所描述的视域融合就是这种统一的实现形式，它使得解释者在理解作品时不把他自己的意义一起带入就不能说出作品的本来意义。”（《真理与方法》第 3 版，后记）

古人写史，眼见为实*

应《中国文学编年史》（下称《编年史》）总主编陈文新先生之邀，我有幸参加了在人民大会堂湖南厅举行的这套书的出版座谈会。会议地点来头不小，我寻思此著一定是不同凡响之作，没料想竟是十八卷鸿篇巨制。我曾常年在德国从事教学和研究工作，重点之一便是中国文学，这类参考书正是翘望已久的。毫无疑问，此作在编年体文学史撰写中留下了浓重的一笔。

写史不易，作编年史也许更难，或者说更累。它需要遍查传世文献、钩稽整理史实、考订辨误资料、发掘新的文献等等。已有专家充分肯定了《编年史》的史料价值和学术价值，肯定还有更多专家会评说此著的精粹。论者或多或少考察了《编年史》的体例和结构，我也想在体例等问题上谈一些粗浅看法。

陈文新已在编年史“总序”中对全书体例做了精到说明，编年史《晚清卷》主编王同舟先生亦有专论探讨《编年史》的体例。应该说，二者的论述是言之成理、令人信服的。《编年史》除了篇幅浩繁外，最引人注目的是在体例的设计、史料的

* 本文原题《编年史刍议：简论十八卷本〈中国文学编年史〉的体例创新》，载《社会科学论坛》2007 年第 6 期，第 75—78 页；另一短文《时代与创新：简论十八卷本〈中国文学编年史〉的体例》载《人民日报》（2007 年 3 月 12 日）。本文在修订时做了较多补充。

甄别和选择取向上采用了若干与中国一般编年史不同的做法，不愧为大胆的尝试。纵观中外学林可知，自有文学史编撰以来，始终就是编撰者对编写方法的不断探索，或者方法被他人评说，对合理性的追求是很强烈的。我在这篇小文中，想从西方历史写作体裁入手，在中西比较的层面上谈论《编年史》体裁的合理性问题。

翻阅《编年史》，使我想起目前德国的一个国际研究项目——《图书目录年表：德意志民主共和国文学（1945—1990）》。此项目试图在原东德 1986 年出版的二卷本同名著作（时段为 1945—1962 年）的基础上，以编年形式全面呈现原东德出版的纯文学书籍及杂志（包括文学参考书和专著）。它包罗作者姓名、笔名、生平、著作、版本、书评，以及不少重要著作的前言、后记、附录、译者、插图等，又追求在宏观上系统展示东德文学的生产、传播与接受，其中包括文学现象、文学机构以及重要文化政策、活动与事件的介绍，以把握时代的社会和政治背景，展现整个东德文学的真实时空。这种“纪年”方法在当代西方并不是个案，它来自传统又不同于传统。

我想先来讨论新近颇受西方学界关注的三种相互关联的欧洲传统史书体裁：纪年（annales）、编年史（chronicle）、史志（historia），这三种历史写作体裁的界线往往是很模糊的，只有在严格定义或理想型的意义上才能做出大概区分。因此有学者认为，至少没有必要区分纪年与编年史，它们只是早先的历史写作中对于拉丁语和希腊语术语的不同对应：拉丁语作者喜用“纪年”，希腊语作者偏好“编年史”，后者从希腊语“时间”

而来：*Χρόνος*（chrónos），并在罗马时期演化为叙说历史的复数形式“时序”（*Χρονικά* / chroniká）。对于“史志”，有学者则主张另立一类。

纪年（年鉴）是一种言简意赅地记述重要事件的体裁，它的价值在于记录事件及其发生时间以确保其原始性、准确性和可靠性。狭义“纪年”是每年的记录，此乃“年鉴”。以德国《物理年鉴》（*Annalen der Physik*）为例，这个1790年创立的刊物无疑是世界上这个领域两百多年来很著名、悠久和有影响力的学术刊物之一，其中刊登各期编辑要旨、重要文章的提要以及部分文章的全文。广义“纪年”则与“史志”有相通之处。欧洲的“纪年”可以追溯到古代，例如古罗马大祭司史册；公元前约四百年以降的“大祭司纪年”（*Annales maximi*），是后来史学撰述的重要资料来源。“纪年”真正发展为公认的体裁，则是中世纪寺院一代代无名神职人员的功劳。他们记述当代活动与要事，本来为了备忘自用；最后，纪年成了后人查阅史实的宝库。

编年史则可追溯到古代晚期，它侧重对历史的追溯和整理。中古时期的不少史作便冠以“编年史”，后来成为12—16世纪欧洲史学撰述的主要体裁，从基督教主导观念出发，叙说世俗社会和不同民族的前世今生，流传有世界编年史、教皇编年史、皇家编年史、朝代编年史、教会编年史、寺院编年史、邦国编年史、城市编年史、家族编年史等，另有战争编年史、远征编年史等。编年史经常源于纪年（其共同之处是按照年序记事），后者随着时间的推移越写越详，从而模糊了编年史和纪年的区别，也有学者视纪年为编年史的变体。编年史通常是一人（或先后多人）撰写的相互关联的著述，关注的不仅是数据和资料，还有事件与事件之间的联系，这就对著述的编排有很高的要求。虽然年序一直是最基本的框架，但常常因为部类章节的格局而被打破，或被夹叙夹议甚至大块文章冲散。史实常与宗教流传（圣经故事）和诗意描述融在一起，不同族类的起源往往充满传说甚至神话。

不少学者区分编年史和史志，可是二者的区分更为困难，例如塔西佗（Publius Cornelius Tacitus，约 55—120）既有《编年史》也有《史志》传之后代，记述了公元 14 年奥古斯都之死至 68 年尼禄之死，以及公元 69 年至 94 年多米提安垮台的事件。追溯源头，古希腊的“史志”（*ἱστορία* / historía）原先只涉及经验层面的当代事情，记录作者生活的时代；自亚里士多德起，“史志”获得了史纂之义。拉丁语借词“historia”在中古时期基本上记述过去发生的事情。到了中古晚期，“historia”亦被用于诗作或叙事作品，常见于民间话本的标题，讲述人们喜闻乐见、传播甚广的故事。一般认为史志是一种重视不同事件之相互关联、讲究语言修饰的纪事。如果一定要区分编年史与史志，那么，前者注重时序，后者注重叙事。不过，新近也有对这种区分提出异议的研究。

从上述三种体裁的具体运用来看，它们之间的关系错综复杂，尤其自 11 世纪起就多有叠合，明显没有中国传统纪传体、编年体那么泾渭分明，西方现当代编年体史书对传统的继承亦即诸种史传体裁的融通是很常见的，前揭东德《图书目录年表》便是一例。查考西方的编年体史书，为的是揭示十八卷本《编年史》与诸如《图书目录年表》等编著中的体例和选材方面的不少相似之处，例如《编年史》对历史人物之“言”与“行”的兼顾，对重要文化政策、思想变迁和文学流派之演化的关注，对思想文化经典的撰写、出版和评论的重视，以及友朋信函、作品序跋的甄录等。从编写方案来看，《编年史》并未“取经”西方。中国的史书编撰本来淹博，《编年史》编撰者力图在形式上突破古旧格式。其结果是：中西靠近了。

世存各种年鉴和编年史，如数学年鉴、气象年鉴、化学年鉴、农业编年史、哲学编年史或政治编年史等。也许没有哪一种编年史能像文学编年史一样与时代和思想那么密切相关。人受制于生活条件，这也相应体现于文学作品，因而重视作家生活环境、作品创作年代以及文学发展的基本事实是理所当然的。同样，体裁的发展也是对文学“史实”的体认以及认识变化的必然结果。再则，所谓合理性或可行性，还在于《编年史》亦不违背中国史传的学理依据。王同舟便指出《编年史》体例设计的根本出发点在于融通诸种传统史传体裁，何况纪传体、编年体、纪事本末体的经典著作也不排斥其他体裁。

与中国已经出版的几部断代文学编年史或断代分体文学编年史相比，《编年史》之体例创新的耀眼之处，特别表现在采用编年史向下的时间序列的同时，另外设计了一个向上的时间序列：以年为基本单位，年上设阶段，阶段上设时代。卷首设“绪论”作为某一时代文学的综论，关于某一阶段文学的总体评论则放在该章的首年之前作为“引言”，以展示某一阶段或时代文学发展的整体过程及其特征。这种对大局的判断亦即对文学思潮的变迁、文学流派的兴衰、文学现象的特色之论述，正是传统编年体的欠缺之处。从结构上看，“绪论”和“引言”的设置可以比平铺直叙的编年体更具凹凸立体感和表现力。从内容上说，它在编年体史书中突出了文学史编撰三大要素之间的张力：横向，纵向，阐释。

王同舟在解释采用新体例所要解决的几个关键问题时所表明的一些担忧，无疑也是整套书编撰者的担忧：“向上的时间序列”的设置以及由此引起的相关变化，会不会导致违背编年史撰写的基本规范，以致名实相乖；分卷、分章是否具有较为充分的合理性和可行性；绪论和引言的设置会不会违背文学史写作所强调的实证性，会不会导致类似“主题先行”的情形，故而引起选取文学史实方面的不当偏向。《编年史》编撰者为解决这些问题做了很大努力，并证明“创新”是值得的，“新体例”是可行的。前文简论欧洲事例，旨在展示西方经验也为中国实践提供了可行性“证据”。我在这里援引西例绝非出于“他山之石”之意，而是为了说明《编年史》这部中国编年体文学史中颇具个性的佳构，既是古今方法之融合，也是中西撰述之对接。

创新或曰新体例的运用也增加了编撰者遭受批评的风险，例如“绪论”和“引言”可能引来《编年史》“主观性”之类的批评。多少为了避嫌，即避免由于视角不同而造成的历史错位，或者（如果我没有理解错的话）为了进一步强调资料性和实证性，“绪论”和“引言”的内容全部取自前人论述，编撰者述而不作。这或许是一种值得称许的做法。不过，编撰者不做直接概括、评价和议论，就完全能避免主观性吗？在资料的取舍之间，即便是很谨慎的征引，必然或多或少包含“有选择的人”（马克思语）之价值取向和主观倾向。若说完全公正、客观的史作本来就是不可能的，甚至整个学术研究不可能做到完全客观，那么，这种论断也适用于编年史。而我要提的问题是：价值取向何尝不可？谁又能标榜自己及其著述是最客观的呢？我们的一切努力，只是为了向客观性靠拢而已，还事实以“本来面目”也只是一种努力罢了。

不管是阐释学方法还是解构方法，现代还是后现代，文学研究终究以阐释最为重要。为了避免顾此失彼，阐释需要一个整体景观。一部编年史能够提供这种景观，自然是锦上添花。诚然，人只要开始阐释或引录文献代言，就存在失言的危险，但人们不会因噎废食。对所谓价值取向或主观倾向，他人可以附和，也可以提出批评。

另一方面，所谓整体景观或概括，只能是相对的。实际状况或许是，人们无法从概念或范畴上彻底把握文本，它总是不断给人提供阐释的可能，并因此或多或少偏离文学史中的“总而言之”。周秦文字或唐诗宋词在今天的魅力从何而来？本雅明曾在《文学史与文学研究》一文中说，“不要在作品的时代背景中描述作品，而要通过产生作品的时代体现认识它的时代（即我们这个时代）”。我对这一要求的理解是文学史的“开放性”和“阐释性”。《中国文学编年史》正是适应时代要求的、我们这个时代编撰的编年史。

有学者视《编年史》功德无量，另有学者称之为文学史上的丰碑，这都是很高的、符合实际的赞誉。我不想添加赞语，倒想从另一个视角结束这篇书评。一般来说，前文说及欧洲中古早期和中期开始发达的“纪年”，它们所记述的当时状况是相当可靠的。圣依西多禄（San Isidro de Sevilla，约 560—636）是中古早期的文坛宗师，他不但率先将世界历史按照时代进行先后排序，还编纂了中古第一部百科全书《词源》，其影响在整个中世纪仅次于《圣经》。根据他在《词源》中的说法：古代写史，没人会记载没见过的东西。眼见之物，无法瞒骗（*Etymologiae*, I,41）。换言之：古人写史，眼见为实，有一说一，所言无虚。或如西塞罗（Marcus Tullius Cicero，前 106—前 43）所言：像我们这样写史，哪还需要演说家，只要不撒谎就可以了（*Ciceronis De Oratore*, II,15）。我们今天查找纪年或年鉴所记载的历史，乃时人之当代，或时人前辈的当代，“同时代人”是最有发言权的。东德《图书目录年表》亦为同时代人所编撰，在材料的把握上要方便得多。而涵盖古今的《编年史》对材料的驾驭是很费力的，实为不易之举。它上至周秦，下迄当代，一千四百余万言，出现疏漏甚至舛误也是情理之中的事。这就需要编撰者或后来者继续发掘新的材料以补正，这也是编年史修订时的常见现象。

“叫我如何不想她”*

我早就拜读过黄兴涛所写的关于中文“她”字的文章。两年前，他告诉我还在悉心研究这个字的历史、并准备拓展成书的时候，我虽未拍案，却已连连叫绝。凭直觉和预感，或由于本人的学术兴趣，我觉得这样的研究一定比那些言不及义的“后殖民”“后现代”宏论有意思得多。每当见到一些赶时髦的、半生不熟的著述，我总会思忖：为什么不能静下心来做一些实实在在的学问呢？《“她”字的文化史——女性新代词的发明与认同研究》便是扎实研究的成果。

肯定会有人认为，为“她”字写史，未免小题大做。我不会与其争辩，只想说我与兴涛同感：这不是小题。“她”字所折射出的文化史蕴含，实在太丰富了。当然，我这里说的不只是“小中见大”的问题。对此，本书已有许多精彩论述，因而毋需赘言。一个很简单的事实是，“她”涉及人类的一半（“半边天”），“她”同“你”“我”休戚相关，人的悲欢离合也多半与“她”有关——“她”能不重要吗？没有她，文学艺术黯然失色；没有她，情歌恋曲难以谱写……显然，我在这里用

---

* 原载《读书》2010 年第 1 期，第 146—151 页；另见黄兴涛著《“她”字的文化史——女性新代词的发明与认同研究》“序言”，福州：福建教育出版社，2009 年，第 1—10 页。

“她”这个代词泛指女性，而中文中代表女性的“她”字是九十多年前才诞生的，用本书作者的话说：“作为第三人称单数代词的‘她’字（不只是看外形，而是就形义的统一体而言），乃为刘半农所创造和发明。”对“她”字没有研究的我，也会很自然地想起刘半农的那首名诗《叫我如何不想她》，尽管这并不是许多人所认为的“她”字首次入诗。

“她”字的创制以及关于“她”字“造型”的极为热闹的争论，让我想到西方早就有的一种观点，即中文因为汉字结构而不太适合于抽象思维，更有利于直观的形象思维。换句话说，在很大程度上属于表意文字的汉字，不像西方的拼音文字那样，其含义多半已见之于文字符号。表意文字本身就是可以理解的。它的读音也许在历史长河中发生了变化，或在不同方言中有不同的发音，但是就像阿拉伯数字在不同语言中有不同的读音一样，其含义却是“一目了然”的。正是汉字的表意特征，使它在中国人的文化和精神生活中具有显著地位（汉字书法只是一种表现形式）。早期研究中国思想和语言的西方学者已经热衷于这类话题，并以此分析所谓中国人的思维方式。不用说，他们当时面对的还是文言文和古代汉语，其语言比较的结论是：西方的逻辑思维主要借助句法上的组合，而表意文字使中国人推崇类比思维。中国古代哲人不擅长从抽象概念出发来进行演绎，而是喜欢用具体事例说明问题；他们不喜思辨，而以比照见长。此乃具体的、形象的思维。

关于中国语言，西方早有不同的说法，上述观点只是其中一种，然而却是很重要的一种。这种说法是否有理，则是见仁见智的问题，或许也不是一篇论文能够说清楚的。但就“她”字创生之初的不同观点以及围绕该字的字形而展开的激烈争辩而言，这种说法似乎不是向壁虚构，至少是笔者马上想到这类观点的一个缘由。由“他”字派生出的“她”字，以及许许多多其他此类汉字都告诉我们，思考已经进入文字，一切包含在字形之中。

每种语言都为思想和交流提供了基本模式，都有特定的规范，以调节思想和交流的程序。人们在运用一种语言时，几乎无法摆脱其特定规范。什么规范占据主导地位并融合于语言结构之中，这在不同语言之间可能存在很大差别。威廉·冯·洪堡于 1826 年 3 月 20 日在柏林科学院作了一个题为《论中国语言的语法结构》的报告，分析了汉语与西方语言的利弊。尽管有些人会从“后现代”“后殖民”的立场出发，对洪堡观点提出异议，但我还是要说，洪堡对语言本质问题的锐利目光是不可否认的。他的核心思想是，人的智力承担着用语言表述思想的职责，没有语言的思维是不可能的。但是他还是对思想和语言做出了区分。在他看来，人有两种智力活动，一种指向思想，一种指向语言。毫无疑问，洪堡更赞赏西方主要语言的语法、逻辑性及其功能，而汉语（重复一遍：我们在此谈论的是文言文）因语法“缺席”只能构造简单句式，无法写出复杂的从句，哲学思考中充满模糊性。尽管洪堡注重的是书面语言的语法结构，但是他并不认为一种语言的形式架构越是复杂，功能肯定越大。他也不排除汉语在形式上没有的东西可能存在于思想，一方面的缺失或许正是另一方面的优势。鉴于汉语字形不变、句子的含义来自词义本身、词的组合和顺序以及上下文，洪堡认为汉语的语言结构能够促进人对概念排序、大胆组合的乐趣，更有利于语言上的想象力和创造力。我想，中国古诗的魅力很能说明这一点，当然不只仅此而已。谁都知道，西方的认识论不可能适用于所有文化，洪堡的思考也只是许多思考中的一种。需要说明的是，西方学者在分析语言与逻辑的关系时，并没有说汉语没有逻辑，也没有说中国人不会逻辑思维，而是说哪种语言更便于逻辑思维。同样，中国在近代以前没有区分男女第三人称单数代词的传统，也不意味着不能表达第三人称的“她”。然而，语言学中的一个定论是：语法结构越是完整和明确，一种思想便更能在语言上得到精准的表达。在此，“她”字依然可以拿来作为例子；同样，在根据现代汉语语法将古文译为白话文的时候，将五个字或七个字译成一行字的时候，我们也能看到这个问题。

在以拉丁文为基础、依托于字母和语音的西洋文字中，创造一个新字不是很难的事情，而且也很常见。汉语则不然（繁体汉字变为简体汉字不属于这里所说的造字范畴）。像“她”这样的新造字，在汉语中只能属于不多的一些例外。19 世纪中叶以降，中国不断努力翻译介绍一种截然不同的、也就是西方的知识文化体系，并试图把西方的科学文化与中国的传统文化结合起来。在这个过程中，“西学”的译介大大丰富了近现代汉语学术词汇。现代汉语（尤其是科技和学术用语）的很多重要词汇与概念均产生于 19 世纪下半叶和 20 世纪初。还有许多词汇也是在这个时期发生了质变。新字新词是一种极为复杂的现象，主要表现在词汇层面和语义层面。一般说来，人们在发现自己的价值体系和习惯规则受到冲击甚至威胁时，会努力寻找新的精神依托，新的发现或价值转换会体现于语言。

鸦片战争之后，中西文化之间存在着严重的不平等现象，这是一个不争的事实。然而，语言上的新发现所引起的发明创造，能否都称得上不平等现象的表征？这个问题则是需要具体讨论的。以“她”字为例，刘禾在《跨语际实践》中认为，当初那些把汉语中没有欧洲语言第三人称阴性代词的对等词视为“汉语本身的一种缺陷”、并想尽办法加以弥补的做法，与其说反映了汉语本身的不足，还不如说恰好体现了“语言之间的不平等”，因为在西方，“在把法语的阴性复数 elles 翻译成英语的没有性别区分的 they 时，人们没有感到什么不便”。而我以为，语言的嬗变和革新有其自身规律。这里其实并不存在“平等”“不平等”的问题，而只是“有”“没有”的问题。法语和英语各自原有 elles 和 they，且为习惯用法；德语中的阴性单数、复数和一般复数均为 sie，也是语法使然。它们之间的翻译当然不成问题。“她”字的创制，直接与中西语言接触有关，与翻译有关。古汉语中没有与英、法、德、俄之 she、elle、sie、она 的对应词，在现存字库中找一个词，通过新增词义与之对应（如当时不少人所做的那样），本在情理之中。如果认为此举不尽人意而另创新词，也是顺理成章的事。

“她”字的创制及其争论，不能说是西方文化霸权和胁迫的结果，而是许多有识之士的自觉行为。无论在汉语还是西方语言中，大多数新词的创用前提是，新的事物要求创造新词和新概念。一个伟大时代的出现，往往会使语言成为巨大的实验场所，新词层出不穷。我们在文艺复兴时期法国的拉伯雷、龙萨和蒙田那里能够看到这种现象，在中国近现代士子学人那里也能看到这种现象。在许多情况下，新词是对已经存在的词汇的新的解释和理解（词义更新），或者是字或词的新的组合。中国近现代介绍西学的时候，很有一些概念是西方有而我们没有的，这就给准确译介带来麻烦，由此才有严复“一名之立，旬月踟蹰”之说。针对“她”字创生之初的诸多非议，刘半农在据理力争的时候指出，即使“她”字不能在汉语中最终确立和流行，仅作为西方语言的一个翻译词，它的存在也是有理的、有用的。这样看来，创造新词还是一个需求的问题。

不同语言的交流或碰撞，或多或少都会留下痕迹。我们不否认政治和文化强权会带来话语霸权，然而，某个新造词或外来词，一般发生在“归宿语言”之内，“出发语言”只是起因。因此，新造词的创制或外来词的接受，多半是接受者的主动行为，而不是对话语霸权的屈服。不管是化学元素汉语新字的创制，还是对西方标点符号的借鉴和采纳，或者对正规汉语语法的探索，都是学习“西学”亦即“新学”的必然结果，也是汉语现代化的需要。在众多译介活动和话语实践中，我们不但能够看到时人的孜孜追求所带来的成果，也能看到语言上的“适者生存”。今天看来，现代汉语缺少“她”字已经是不可想象的了，如同现代汉语一定需要标点一样。

本书作者关于“她”字创生的观点是很贴切的：“‘她’字在汉语中的合法化，本质上并不是因为它来源于霸道的西方，不是因为西方语言中有的，汉语中也就必须有，而是因为它在根本上与汉语在新时代被激发出的现代性诉求或者说现代化需要发生了关联，从而为汉语所接纳。在这里，‘她’字的西方性与现代性只是偶然发生了重合而已。”作者把主要原因总结为：“首先，它有精确性的要求。”“其次，它还有简约性和有效性的要求。”应该说，这一观点不但适用于“她”字，也可以用来说明一百年前的许多汉语“新生”词汇和概念。

至于古汉语中没有欧洲语言里第三人称阴性代词，是否一定就是“汉语本身的一种缺陷”，则是另一个层面的问题。语言学家肯定能够证实，某种语言更适合表达某一方面的事物或情状，这样的例子是很多的。比如，法语对某些事物或情状的表述，远比其他语言更丰富、更准确。其原因是：在历史进程中，由于特殊的社会发展状况，法兰西人（比其他国家和地区的人）对某些事物或情状的语言表述更注重细微的差别，从而也就更细腻，有更多的同义词可供选择。于是，表述某种事物或情状，在法语中可以做到细致入微，而在其他语言中也许只能粗略表述，或者只能说个大概。当然，我完全可以换一种语言来说明这个问题。

在不同母语的人的相互交流中，我们常能听到这样一句话：“我们的语言中没有你们这种说法。”此说很能体现语言之间的差别。我在不少地方说过一些语言表述的“不可译性”，讲的也是这个意思。在当今世界的现存语言中，德语创制概念的空间尤为宽广，几乎没有多少拘囿，从而特别适合于哲学思考。20世纪的重要思想家海德格尔充分认识到并充分利用了这一点。

很难想象，他用其他语言也能做出同样的哲学思考。在很大程度上，是德语（海德格尔的德语）成全了他的不少思路。

再回到《“她”字的文化史》，我想谈一下这部著作与一些方法学思考的关系，也就是我在阅读这部书稿时所想到的一些研究方法。

这本书立刻使我想到了“知识考古学”。福柯把自己的研究看作“知识考古学”，其实就是一种类型的话语分析，钩稽“话语实践”亦即“话语事件”，或曰通过局部研究强调历史话语的偶然性、断裂性和物质性，以呈现事物不再以同样的方式被感知、描述、刻画、表达、分类和认识。当然，想到福柯只是我阅读这部书稿时的直接感受所引起的，并非见重福柯的知识考古学或谱系学方法的哲学追求及其浓重的解构色彩，而是直取字面含义：l’archéologie du savoir——知识考古。[1]

另外，本书书名马上会让人想到陈寅恪的“凡解释一字即是作一部文化史”之说，这也是本书作者研究“她”字时的明确的方法论追求。应该说，这一研究是成功的，我们确实看到了“她”字的一部色彩斑斓的文化史。我们应当把陈氏说法看作方法论和方向性的定位。将其落实到实处，当为很具体的研究，

---

1 我在文中采用的“知识考古学”是中国学界约定俗成的译法。福柯所用的 l’archéologie du savoir，其实译成“知识考古”即可。尽管在英汉、法汉、德汉辞典中，archaeology、archéologie、Archäologie 译为“考古学”，而且它也确实是一门学科，但是在特定组合中（尤其是同“知识”之类的抽象概念的组合），西方语言中的这个概念常常表示查考和钩稽。王德威将福柯著作的书名译为《知识的考掘》（台湾麦田出版有限公司，1993 年），还是比较贴切的。

而不是以一个字为依托来撰写文化史，世上还无此先例。以“她”字为例，我们看到的是“这个字的文化史”，是文化史中的一个事件，文化史的一个截面。

当然，作为一个对“概念史”或“历史语义学”做过些微研究的人，我很自然地会把“她”字考古与历史语义学联系起来。该著全方位地揭示出这个字的生成语境和发展脉络，并将单独词语的分析扩展为词语群、概念架构和概念网络的探讨。历史语义学不仅分析特定概念（词语）的“含义”和“运用”，也观照相近概念、平行概念、对等概念、颉颃概念同某个特定概念的关系，探索它们多层次的关联，这在本书中表现得淋漓尽致。

最后我要强调的是本书的材料工夫。不管是“知识考古学”还是“历史语义学”，材料是重中之重；更何况为一个字写一本书，没有充足的材料是不行的。只有材料翔实，才能做到有话可说、有东西可写，才能做到“游刃有余”。以科塞雷克主编的八卷本大辞典《历史基本概念——德国政治/社会语言历史辞典》（1972—1997）为例，它的基础是材料。这部“辞典”不是传统意义上的“词条”汇编，而是论述基本概念的文集，其中的许多论文超过百页，完全可以单独成书。此外，就德国经验而言，从概念史看社会史、思想史或文化史，首先是史学家的专长，成就最大的也是他们。兴涛是中国人民大学的史学教授。记得在四五年前，《近代史研究》杂志曾把他的一篇名为《晚清民初现代“文明”和“文化”概念的形成及其历史实践》的论文寄往德国让我做匿名评审，当时给我留下深刻印象的，除了该文的新视角、新观点外，便是作者对大量资料的掌握和运用。

文章发表以后，我才知道作者姓甚名谁。后来有幸与兴涛结识，随着对他学术了解的深入，最初的深刻印象也渐渐成了实实在在的确信。就本书而言，我想，即使是一位与他素昧平生的读者，也一定能够猜出是出自一个史学家之手，书中许多地方对材料的挖掘和把握，委实让人敬佩。

近年来，兴涛以扎实的材料功夫为依托，在相关研究领域提出的新思路、新观点，无疑给历史研究展示了新的视野，给予了新的启发。实际上，《“她”字的文化史》这部新颖而精彩的论著，不仅是兴涛奉献给史学界的力作，也是人文社会科学界的相关研究所期待的跨学科成果。相信许多读者都会喜欢它。

土著之学，本真性，格林童话*

早就拜读过永逸君赠送的《行好：乡土的逻辑与庙会》《朝山》《老北京杂吧地：天桥的记忆与诠释》等书，着实让我这个民俗学的门外汉开了眼界。正因为是外行，我是把这些书当“闲书”看的。好像听谁说过，书未必一定要有意义，但要有趣。这自然是外行喜欢说、喜欢听的。我带着极大的兴趣翻阅了永逸的书，很多故事确实有趣！但凭直觉或学术嗅觉，能够感到这些著作在民俗学中的意义肯定也不一般。无论如何，永逸著述增加了我对民俗学的亲近感。可是，没想到他让我为其新著《土著之学·辅仁札记》作序，让我颇感突然，也很犹豫，犹豫的主要原因是“隔行如隔山”。为何让我作序？是他发现我对其著述兴趣浓厚？作为朋友，只得允诺，权当再读些书，写点读书心得。

其实，我和永逸的兴趣也有交结之处，民间故事、歌谣、儿歌、谜语等民间文学（文化），本来就是我们做文学理论的人亦当关注的。对我来说，这是一次很好的学习机会，不敢像以前那样对待“闲书”了。三百多页的文字容量极大，尤其是“‘土著’之学·导论”，着实给人一种冲击感。他对中国民族学的历史发展、

* 本文是岳永逸著《土著之学·辅仁札记》的“代序”，原题《“本真性”：民俗学的知识生产及其多重视野》，北京：九州出版社，2021年，第1—19页。

学科现状以及不同学说的评点，常能见出其独特见解，多有批评和反思之语，让我长了不少见识。但另一方面，我似乎也看到了当代中国民俗学多少有些危机，至少有些“灰暗”之处。可不，他时不时大谈民俗学的本质，或提醒人们不要忘记民俗学的底色和主色。对一个成熟的学科来说，有些道理本当是不言而喻的。能够让人窥见危机的，还有作者浓重的方法论意识，以及他颇为欣赏的民俗学固有也应该有的不随波逐流的“反抗性”特征。我在该书导论中看到的是一种批判性民俗学，这是难能可贵的。在当代中国学界，批判性可以是空谷足音，却是迫切的。这大概也是我在阅读时慢慢觉得我们虽不在一个专业、但颇有些共同语言的原因。

晚近中国学界的海外汉学研究取得了长足的进步，海外的中国民俗学理当也是海外汉学的一部分。但在本书作者看来，“外人”的许多中国民俗学研究尚未得到中国同行的足够重视，例如与辅仁大学颇多牵连的司礼义（Paul Serruys，1912—1999）、贺登崧（Willem Grootaers，1911—1999）等传教士学者20世纪30、40年代在中国的田野调查、民俗语汇研究成果，或司礼义早年在域外引起很大反响的中国民俗及方言研究，在中国学界迄今湮没无闻。我想，这种情形还有不少，仅查阅一下国际汉学期刊双雄，创刊于1890年的《通报》（*T' oung Pao*）和创刊于1935年的《华裔学志》（*Monumenta Serica*），从“索引”便可得知不少珍贵的民俗学研究文献。

我还想到德国东亚研究发展史上的一个重要人物、为开创柏林皇家民俗博物馆的东亚研究事业作出重要贡献的汉学家葛禄博（Wilhelm Grube，1855—1908）。《北京民俗》（1901）[1]是他的代表作，该作是他 1897 年至 1898 年秋冬之季在北京实地考察的成果，材料丰富翔实，中国民俗学界对这部典范之作所知无几。[2]究其缘由，永逸认为“主要是用法语、英语、德语等外文写作，多年来这些跨学科的研究典范不免让国内学人望而却步，少有涉猎”。并且，中国民俗学在书写学科史时，基本上把外人的中国民俗研究置之度外，从而造成中国学者之中国民俗学与外国学者之中国民俗学的两个天地。针对这类问题，作者一再强调在野、内发、跨领域和世界性的民俗学，并重温柳田国男（1875—1962）曾倡导的“一国民俗学”，即“一国民俗学”也是“世界的”，自有其合理之处，也是很有见地的。

正是缘于这一逻辑，在作者眼里，司礼义、贺登崧等传教士学者的点面兼具的“中观研究”，是带有暖意、洞察“心意”的学问；他们在北中国立足于方言（片）区的田野调查，对包括方言俚语、歌谣、谜语、故事等民间文学在内的诸多民俗所做的超村落的中观研究，实为地道的“土著之学”。他们不但是“由外入内”的自家人——土著，更是以其独树一帜的研究成果，开创了中国民俗学研究的独特范式，从而成为研究中国民俗和方言的杰出的中国民俗学家，是世界的，也是中国的。

---

1 Wilhelm Grube, *Zur Pekinger Volkskunde*, Berlin: W. Spemann, 1901.

2 著名汉学家海尼士（Erich Haenisch）认为，“格鲁白氏所著之《北京民风》，实为极有价值之模范作品。德国以外之汉学家，亦无人能出其右者”。见海尼士著、王光祈译《近五十年来德国之汉学》，载李雪涛编《民国时期的德国汉学文献与研究》，北京：外语教学与研究出版社，2013 年，第（24—41）28 页。

正是对那些被英雄遮蔽的英雄的“小人物”的关注，对“在野并旁落”的故迹的考掘，深描“历史的掌纹”，成为作者近期研究的一大特色，这在我们这样一个“文化政治学”甚嚣尘上的时代，绝对不只是“耐得住寂寞”所能形容的。

我不太相信作者以自嘲的口吻，说自己是“一个散漫、随性的‘旁观者’”，我能见到的是一个有事业心和责任感的学者的焦虑和不安，在他“淡淡的忧伤和时隐时现的真切的哀痛”中见出暗暗的抗争。然而，学人不随波逐流的矜持，往往也带着郁闷，批判性有时不得不欲言又止。永逸是在主张“回归”，回归民俗学之本源；他甚至宣称，在某种意义上，当代中国本土的相当一部分民俗学者背离了司礼义、贺登崧这些老外所秉持的民俗学乃“土著”之学的根性，即愿意且能够成为“土著”或“类土著”的学人对“土著”的研究。这在很大程度上关乎研究成果的真实性和可信度，“本真性”从来就是民俗学的核心问题。我受这本书的启发而想到的一些问题，或明或暗也与本真性有关，而本真性并不是不言自明的，常常也是见仁见智的问题。

与“土著”之说密切相关，永逸援引了法兰克福学派哲学家霍耐特（Axel Honneth，1949—）的“认可理论”（Anerkennungstheorie），即“认可先于认识”。霍耐特有过不少关于“认可”的著述，他视“认可”为一种尊重他人的行为。认可对方也是自己得到认可的前提，惟有知道自己得到对方的某种认可，才会有交往。因此，认可是认识他者和外部世界的先决条件。这才会有司礼义、贺登崧等传教士学者之认可和欣赏在先的暖意的学问，才有他们的“土著之学”。而要达到这一高度，人文地理学的倡导者段义孚论述过的注重情感纽带的“恋地情结”（Topophilia）是必不可少的，然而“恋地”并不容易。

作者借用柳田国男的“游客之学”或“寓公之学”来形容明恩溥（Arthur Smith，1845—1932）和禄是遒（Henri Doré，1859—1931）的著述，他们在华传教三十多年之久，也叙写了中国民俗和民间信仰。然而，早期从事民俗学研究的学人，就已把他们的著述看作感情用事之作，不但充满偏见，还过于倚仗既有资料，离事实太远。本书作者列举的这种居高临下的事例，正可以用来说明“认可”的重要性。19 世纪中期以后，传教士在西方强权的庇护下来到中国，不被认可是他们面临的常态。一般而论，19 世纪的绝大部分中国人视传教士为不受欢迎的人，这种状况“更由于大多数传教士笨拙的、自以为是的举止而急剧恶化——少量传教士的名誉之举除外”。“19 世纪甚或 20 世纪的许多传教士之著述的最大特点，就是不得要领地、带倾向性地、仇视地贬斥中国人及其文化。”[1]

以明恩溥为例：他的《中国人的特性》（1890）[2] 是丑化、鄙夷和非议中国人的集大成之作，其中有不少他与农民接触所获得的第一手材料，但常见他在中国的不愉快经验，他因而常

1　傅吾康：《中国与西方》，第 68 页。（Wolfgang Franke, *China und das Abendland*, Göttingen: Vandenhoeck & Reprecht, 1962）

2　Arthur H. Smith, *Chinese Characteristics*, Shanghai: North China Herald Office, 1890.

把中国人喻为低人一等的动物，如“狗熊”“蜘蛛”之类。明恩溥很会写，也写得很形象：“人们曾评价一位著名的钢琴制造家，说他‘就像他的乐器一样——规矩，正直和高贵’。在中国，能够遇到这样的人吗？”作为一个基督徒和布道者，他对中国人的总体评价是毁灭性的：“他们缺乏的是人格与良心。”[1]这显然已经超出认可不认可的问题。霍耐特“认可理论”的社会批判潜能，在于他揭示出不公平的社会对于人间本应有的认可之系统性漠视这一社会病理，导致受歧视、侮辱、排斥等痛苦经验。19 世纪的大部分传教士以高人一等的姿态，俯视中国没有文化的“异教徒”，视其为未开化的土著。他们也不可能被中国人认可为“土著”，决不可能以“土著”或“类土著”的身份去研究土著，人们也不会指望他们拿出“土著之学”。

当然，传教士中也有各色人等，特别是不同的“时代精神”会给他们打上总体烙印，比如明末清初的耶稣会士与鸦片战争后的传教士有着巨大区别。16、17 或 18 世纪的传教活动，背后没有政治力量为之张目；传教活动的成败，一般取决于个人的处世能力和对异土的适应能力。后来那些仗西方强权之势的传教士，不必再像利马窦（Matteo Ricci，1552—1610）之辈“毫无保留”地入乡随俗。若把明恩溥、禄是遒归入这类传教士，司礼义、贺登崧等传教士则属于新的一代，他们多少带着施本格勒（Oswald Spengler，1880—1936）《西方的没落》（1918/22）之感受来到中国，其暖意的学问自然是建立在认可中国文化的

1　史密斯:《中国人德行》[Arthur H. Smith, *Chinese Characteristics*]，张梦阳、王丽娟译，北京：新世界出版社，2005 年，第 195、197 页。

基础上。

传教士中还有卫礼贤（Richard Wilhelm，1873—1930）那样的人，不愿区分基督徒和异教徒。他于1924年重回德国时，已在中国生活了二十五年，但没给一个人洗过礼，反而被中国文化所陶醉，译释中国经典是他的主要志业。他不但成了世界最著名的汉学家之一，还是人们心目中的“中国灵魂的卓越专家”，这缘于他回国后发表的轰动一时的《中国灵魂》（1926）[1]。该书以其亲和性见长，将作者所到之处的见闻和民俗展现在读者眼前，那是与明恩溥版本截然相反的中国人特性。在卫礼贤眼里，中国之本真性的基本特征是“安宁”与“温和”，但他不是在现实中探索中国灵魂，而是在日常生活中找寻和发现孔子生活哲学的实现和证明，或曰在社会现实中寻找中国经典的兑现之处。本来，孔子的有些观点只是理想图景，却常在卫氏书中成了事实，实为“理想图景的图解”，且往往可在儒家思想中找到出处和注脚。《中国灵魂》中不乏民俗描绘，但那不是民俗学田野作业的成果，更谈不上“中观研究”。

德语“民俗学”（Volkskunde）一词出现在1780年前后，文字形式最早见于1782年汉堡的《旅行者》（*Der Reisende*）杂志。今人通用的“民俗学”（Folklore）一词最早见于英国，是

1 Richard Wilhelm, *Die Seele Chinas*, Berlin: Reimar Hobbing, 1926.——两年后的英译本在欧美产生了广泛影响：Richard Wilhelm, *The Soul of China*, trans. by John H. Reece, New York: Harcourt Brace & Co., 1928; London: Jonathan Cape, 1928.

英国文化史家汤姆斯（William Thoms，1803—1885）首先提出的混合词（“folk-lore”）。出现在他于 1846 年 8 月 22 日发表在伦敦的文学周刊《雅典娜神庙》（*The Athenæum*）上的一封信中。汤姆斯主张用这个英语新词来取代时人所用术语“popular antiquities”（俗古风）或“popular literature”（俗文学），视之为“the lore of folk”。汤姆斯的新造词借鉴了 11 世纪英语中的“folklār”。从古英语“lār”（大概意思是“知识”“学说”）转化而来的“lore”，意为“流传的习俗”，“Folk”则指“庶民”；特定群体的多半是口传的知识和传统可称为“Folklore”。汤姆斯认为这个概念更能归纳格林兄弟（尤其是雅各布·格林的《德意志神话》）所展现的民间财富，他也想以此来概括一个新的学科。

“民俗学”概念可追溯至 18 世纪的德语区，尤其是赫尔德（Johann G. Herder，1744—1803）的“民歌”（Volkslied）、“民族心灵”（Volksseele）、“民族信仰”（Volksglaube）等概念的传播，以及他搜集和编辑的欧洲《古老民歌》（*Alte Volkslieder*，1775）和 1778/89 年出版的《民歌集》（*Volkslieder*），这本书第二版修订本在他去世以后以《民歌中各族人民的声音》（*Stimmen der Völker in Liedern*，1807）之名重刊并流传于世。这可视为记录和收藏普通民众的传统和文化财富的最早尝试。然而，民俗文献的辑录和研究工作真正获得学术印记，要从 1812 年问世的《格林童话》算起，[1] 所以现代民间文学或民俗学的从业人员在回顾学科起源和发展时，一般都会说到格林兄弟（Jacob Grimm，1785—1863；Wilhelm Grimm，1786—1859）。

《格林童话》无疑是最著名的德国文学作品之一，也是翻译和传播仅次于《圣经》的世界文化经典之一，研究文字早已汗牛充栋。鉴于这部名著在其诞生之后的 200 多年中一再被解构甚至颠覆，我想借此机会重温一下妇孺皆知的《格林童话》，追溯其诞生、流传、影响和评价，并就相关问题谈一点看法。所谓“颠覆”，莫过于《格林童话》在“二战”以后西德的命运：有人指责《格林童话》对于纳粹暴行负有一定的责任；有人在翻检威廉二世时代的教科书后得出结论说，《格林童话》在培养学生下意识的残忍（因带着民间血统，《格林童话》最初版本中含有暴力和恐怖成分）；还有人在有些童话中见出或明或暗的反犹倾向。在西德美占区，《格林童话》被清除出学校和图书馆并运往国外，英占区曾长期不准发行《格林童话》。批评之声一直延续至 20 世纪 70 年代。

与这种带有浓重政治色彩的（毁灭性）评判不同，另一“解构”主要围绕“民间与文学”的问题，即《格林童话》是民间故事还是童话故事，前者关乎原初讲述人（故事提供人），后者则指创造和再创作的文学作品，二者在很大程度上都涉及《格

1 在《格林童话》初版“序言”中，格林兄弟对童话故事的搜集、记录和整理以及方法做了详细说明。此外，他们还简要说明了每个故事的来源，并做了不少注释和比较评析。

林童话》的知识主体。此处“解构”带来对格林兄弟的双重批评，即质疑故事讲述人之乡民身份的真实性，同时否定故事文本的忠实性。埃利斯的经典著作《一个童话的背后》（John M. Ellis, *One Fairy Story Too Many: The Brothers Grimm and Their Tales*, 1983）便揭示出格林兄弟在讲故事者身份问题上的“欺骗”做法，比如有意隐瞒给他们讲了近 40 个故事的菲曼（Dorothea Viehmann）的民族属性和家庭出身。虽然埃利斯是一个美国的德语文学专家，但有关“真实性”“忠实性”等问题的拷问，无疑更是民俗学的喜好。民俗学家追踪故事源头，讲究田野作业，而格林兄弟不懂现代意义上的田野作业，常请人到家里讲故事。

在中国，自百年前的歌谣运动起，现代科学意义上的民俗学或民间文学的发生和发展始终受到外国学说程度不一的影响，本书作者亦提及格林兄弟之后不同时代西方和日本学者的理论在中国的接受。论及民间故事，作者借助司礼义的著述，转引了维索斯基（Albert Wesselski，1871—1939）和兰克（Friedrich Ranke，1882—1950）对格林兄弟的诟病，司礼义也完全赞同两位文学史家和民俗学家的观点，即《格林童话》虽为得到后世赞誉的德意志式童话风格，却不是真正的民间叙事方式。维索斯基编订过《中世纪的童话》（1925）[1] 和《格林之前的德意志童话》（1938）[2]，他对《格林童话》的如下判决本在情理之中：民间传统遭到有意的、极度的鄙薄甚至歪曲，也使科学蒙受了

1 *Märchen des Mittelalters*, hrsg. von Albert Wesselski, Berlin: Stubenrauch, 1925.

2 *Deutsche Märchen vor Grimm*, hrsg. von Albert Wesselski, Wien: Rohrer, 1938.

无法弥补的损失。维索斯基的观点出现在注重方言、方音的司礼义编订的《山西大同城南民间故事十五则》（1946）的导言中也顺理成章。也是针对《格林童话》，兰克认为，只要童话是在民间流传，定会用方言，搜集和记录童话亦当采用未被歪曲的方言。显然，维索斯基和兰克更多是以民俗学家的身份在说话，推崇原汁原味的民间童话。

毫无疑问，口头传统乃民俗研究之肯綮。我们也知道，正是格林兄弟以其童话搜集、整理和研究，开启了现代意义上的“口头传统”研究，但他们把捕捉到的“乡民的声音”转达给读者时，用的却不是方言。从今天的民俗学立场出发，维索斯基和兰克的批评依然是有效的。从“知识民族志”（ethnography of knowledge）来看，当代许多记录和研究口头叙事的民俗学家、人类学家、语言学家几乎不提格林兄弟，也是有道理的。然而，我们不能忘记19世纪的民俗研究标准与今天的标准是有差异的。换句话说，我们不能用今天的标准来批评19世纪的早期童话作家。维索斯基的“歪曲”之说，包括司礼义的赞同，应该说是很超前的，或曰只是专家之言，因为在20世纪40年代之前，民众并不区分口述者、故事作者和可以随意改动的共同财富，[1] 也不会思考谁歪曲谁的问题。此外，在整个19世纪直至20世纪上半叶，在民族主义思潮的影响下，绝大部分“民俗”搜集

1 参见德格：《何为格林兄弟赐予民俗、得于民俗之物？》，第69—70页。（Linda Dégh, “What Did the Grimm Brothers Give to and Take from the Folk?,” in: *The Brothers Grimm and Folktale*, ed. by James M. McGlathery et al., Urbana: University of Illinois Press, 1988, pp. 66-90.）

物都有掺假和净化之嫌，包括《格林童话》。

更为重要的是，在评判《格林童话》的时候，民俗学标准不是唯一标准。比如，一个文学史家或文学批评家会怎么看呢？在《格林童话》问世二百周年（2012）之际，文学批评家比斯基（Jens Bisky）在《南德意志报》（*Süddeutsche Zeitung*，20. Dezember 2012，S. 14）上撰文说："不是布伦塔诺加工了那些童话，这是文学史上的事故吗？对于那些真正的童话之友来说，去你的格林！那些童话亏待了想象。"浪漫派名宿布伦塔诺（Clemens Brentano，1778—1842）在读完《格林童话》第一卷后，于1813年1月16日致信另一位浪漫派名人阿尔尼姆（Achim von Arnim，1781—1831），直言排揎《格林童话》："我认为忠实的叙事太不像话了，有些地方也因此变得很无聊。"[1] 布伦塔诺显然不会把后来的民俗学家所追求的本真性放在眼里；在他眼里，未加提升的童话故事不仅结构混乱，而且单调沉闷。德意志浪漫派文学家是怎么做的呢？他们也发现和收集民谣、童话和传说，但多半将之融入自己富有幻想的创作，把民间故事加工成自己的作品，就像布伦塔诺在同一封信中所说的那样，他也能很忠实地讲述格林作品中最出色的20个故事，当然会讲得更好。看来，标准和视角不同，判断也会随之而变。而对我们来说，关键在于历史性，查考人各有志的缘由。下面我就来梳理一下格林兄弟做了什么和为什么，以便在《格林童话》的

1 《布伦塔诺全集及书信》第33卷：《书信（五）》，第10页。（Clemens Brentano, *Sämtliche Werke und Briefe*, Bd. 33: *Briefe* V, hrsg. von Sabine Oehring, Stuttgart: Kohlhammer, 2000.）

产生和性质中找到这部作品的恰当定位。

俗称《格林童话》的《儿童与家庭童话集》（*Kinder-und Hausmärchen*，KHM；另译《儿童与家庭故事》，接近英译 *Children's and Household Tales / Nursery and Household Tales*），第一卷于1812年问世，第二卷出版于1815年。格林兄弟在当时盛行的民族浪漫主义思潮的影响下，为海德堡浪漫派的领袖人物阿尔尼姆和布伦塔诺编辑的三卷德意志民歌集《男童的神奇号角》（*Des Knaben Wunderhorn. Alte deutsche Lieder*，1805/08）搜集民间歌谣。在此过程中，自1806年起，他们开始关注和搜集民间童话。此举并不只为了编写儿童读物，而是更多缘于后人称之为民俗学以及语言学的兴趣；他们还为此做了不少童话方面的评说，并于1822年出版了《格林童话注释集》（*Anmerkungsband*）。格林兄弟的主要目的之一，是为语言学等科学研究打下基础。另外，威廉·格林还在1825年修订出版了插图本《格林童话精华版》（*Kleine Ausgabe*），收录了50篇更适合儿童阅读的童话。此前版本并未产生多大影响，1925年圣诞节之际刊行的精美的精华版才给格林兄弟带来巨大声誉。

关于《格林童话》的研究文字可谓不计其数。围绕《格林童话》的基础研究，更多出自民俗学，而非日耳曼语言文学。《格林童话》共收入200多个故事，主要来自民间口头传说，因而常被看作民间文学。从第一版到1857年的第七版（即今人熟知的标准版），历时45年。脍炙人口的《格林童话》也激发许多国家纷纷搜集和整理本民族和地区的民间童话和传说，激励民俗研究者在口头叙事者那里挖掘故事。《格林童话》在全世界的广泛传播和影响，使得“童话”在许多语言中几乎成为指代各种民间故事、传说、寓言的基本概念，而德语“Märchen”（童话）则演变为一种讲故事的特殊形式。可是《格林童话》本身却内容驳杂，童话而外，还有民间故事、趣事、传说、寓言等。以今天的标准来看，《格林童话》中只有约 50 篇纯粹的童话。

诚然，我们很难拿出“童话”概念的简明定义，不同的视角会对童话做出许多划分。在讨论《格林童话》时，暂且做出“民间童话”（Volksmärchen）与“艺术童话”（Kunstmärchen）的粗略二分，或许是有意义的。民间童话一般是流传很久的口头传说，后来才有书面形式；艺术童话则多半是作家创作的文学作品，《格林童话》中的《雪白和玫瑰红》（*Schneeweißchen und Rosenroth*）在很大程度上就是一则艺术童话。《格林童话》究竟属于“民间童话”还是“艺术童话”？对于这个问题，至今尚有争议。就迄今的研究成果而言，将《格林童话》划归民间童话，看来是有问题的。较多童话专家更愿把《格林童话》定义为“书面童话”（Buchmärchen），即介于确凿的口传民间故事与艺术童话之间的童话形式。显然，口传的“民间童话”变成“书面童话”，“本真性”问题就会凸显而出，而格林兄弟是追求“本真性”的。

《格林童话》，尤其是第一卷的基本素材，主要收集的是格林兄弟的家乡哈瑙亦即德意志黑森地域的口传故事。在第二卷的导言中，格林兄弟一再宣称他们搜集的是真正的黑森童话，其源头是古代北方和原始德意志神话。这里能够见出赫尔德的影响。他早在《中古英格兰与德意志文学的相似性》（1777）中就已揭示出童话的本质："世俗的民间传说、童话和神话……，几乎是民间信仰及其欲望、能力和本能所造就的。人们因不知而幻想，因不解而信仰，带着整个未扭曲的心灵，这是人类史家、诗人和哲学家的非凡素材。"赫尔德看到了童话在他那个时代的双重意义：一为文学表现形式，一为历史研究的对象。

格林兄弟在大学期间都学过法律，这个学业后来没派上用场，但其严谨性充分体现于他们早期的童话搜集工作，尤其是哥哥雅各布在修辞上倾向于简洁，特别遵循忠实记录的原则，即逐字逐句记下口头传说，不做任何添加，他甚至主张采用活生生的方言来记录。但弟弟威廉讲究美感和形式。其实，《格林童话》绝不只是对口传故事的采录，相当数量的篇幅有其可以查考的书面文字。《格林童话》从1819年的第二版到1857年的第七版，主要由擅长写作的威廉修订出版，雅各布在这期间倾注于德语语法研究，较少关心童话出版事宜，他的四卷本《德语语法》为日耳曼语文学打下了基础。

格林兄弟搜集、整理童话，一开始就带着学术研究的色调，带着浓厚的神话学和民俗学兴趣。毕生的语文学追求又让他们（尤其是威廉）不断对童话文本进行修改润色，根据语言规范和他们的喜好来修订，比如插入成语和谚语，或用"对话"取代间接叙述。民间故事从一地到另一地，从一个讲故事人到另一个讲故事人都会有所变化，所以格林兄弟还会把共同起源的异文书面版本与口头版本整合到一起，以求一个理想的故事。威廉·格林认为，这些做法同数学意义上的精确性无关，即便最真实、最严谨的史书也不可能像数学那样。《格林童话》甫一问世就有争议，特别是对其中不少血腥、色情甚至乱伦情节颇多声讨，这也是他们替换整篇童话、增添新的童话的重要原因之一。其结果是七个版本的《格林童话》无一完全相同，每出一个版本都有新的加工，介于民间童话和艺术童话的“书面童话”就此诞生。

《格林童话注释集》（1822）出版百年之后，德国民俗学家博尔特（Johannes Bolte，1858—1937）和捷克的斯拉夫语言学家波利夫卡（Jiří [Georg] Polívka，1858—1933）以格氏文献研究为基点，合作撰写了五卷本《格林童话注释集》（1913/32），可被看作格氏著作的续写，迄今被视为相关研究的重要参考文献。前文说及“童话”的定义，博尔特和波利夫卡对童话的定义是：“我们把赫尔德和格林兄弟之后的童话看作文学幻想编织成的，尤其展现魔幻世界的故事，是不与现实生活条件相关联的神奇故事，即便让人感到不可信，但多少会给人带来愉悦。”[1]也就是说，童话是一种采用神异素材讲述的幻想故事，通过艺术形式来实现，这样更能增添童话的价值。

不少学者认为，格林兄弟的童话编订工作，一开始就受到一个文学史研究方案的支配。《格林童话》经历了各种过滤阶段，而且原本用方言讲述的童话，被用普通德语做了整理加工；民间童话中掺入许多非民间成分，体现的也是收集者而非讲述

1　博尔特、波利夫卡：《格林童话注释集》卷四，第 4 页。（Johannes Bolte und Georg Polívka, *Anmerkungen zu den Kinder- und Hausmärchen der Brüder Grimm*, Bd. 4, Leipzig: Dieterich, 1930.）

人的风格，从而远离了口述传统。倘若我们要为格氏对口头性的文学再现辩护，那就不能忘记文字文学的特点，它常会过滤掉口头文学中的不少审美甚至伦理取向，还有不符合语言规范和“粗俗”的东西。那是一种转化了的口头叙事，而且早已有之，薄伽丘（Giovanni Boccaccio，1313—1375）、乔叟（Geoffrey Chaucer，1343—1400）甚至莎士比亚（William Shakespeare，1564—1616）的作品在很大程度上就属于此类。

如前所述，自《格林童话》第二版起，主要是威廉·格林在承担童话的修订再版工作；他在对文本的编辑、改写和润色过程中，找到了自己的风格，并确立了“格林体”（Gattung Grimm），迄今还在影响人们对童话的想象。换言之：引人入胜的“格林体”叙述方式，对后来的世界儿童文学产生了深远影响。首先提出“格林体”之说的学者，正是责备《格林童话》大肆歪曲民间童话的维索斯基。在现今的童话研究中，人们常会说及“格林体”，但维索斯基的非难已经不那么重要了。格林兄弟曾一再强调，他们对口传故事的态度是谨慎的，极力如实再现其主旨和情节，保持童话之天然质朴的本来面貌，决不歪曲传统故事的内核，他们的童话正是口传叙事传统之本真性的证言，无论是直接来自口传还是文字材料。在他们眼里，这些民族诗性作品中散发着原始德意志神话的余韵，语言修饰和改动也不会将童话故事的本真性排除在外。

格林兄弟对童话研究的逐渐深入，其研究范围扩展到语言及其历史、形式、语法和词语，最终创立了日耳曼学，同时也是民俗学的奠基人。对民俗学而言，关键是要看到格氏“口头传统”研究亦即他们对于建立现代意义上的民俗学和民间文学研究所起的关键作用，单从民俗学的田野调查、口头传统等视角去评判《格林童话》，定然是跛足的。更会让当今民俗学兴奋的，肯定是比格林兄弟岁数小的同时代人舍恩维特（Franz-Xaver von Schönwerth，1810—1886）。他在巴伐利亚宫廷做官，也是著名的民俗搜集者。受到雅各布·格林，尤其是其《德意志神话》的启发，他从1852年至1886年常在巴伐利亚上法耳次的家乡地区踏查乡民的日常生活，遍察民风和传统穿着，搜集传说、童话、趣闻、童谣和谚语。1857—1859年出版的三卷本《上法耳次的习俗与传说》（*Aus der Oberpfalz. Sitten und Sagen*），只是他的大量实地踏查成果的很小一部分，大部分田野记录直到他去世也没发表。

早在该著第二卷问世之后，与舍恩维特有通信来往的雅各布·格林就在《德国文学汇报》（*Literarisches Centralblatt für Deutschland*, Nr. 21, 22. Mai 1858, S. 336–337）上发表书评说：“全德国从未有过如此细致、丰富而且是倾听得来的搜集资料。”在一封致友人的信中，雅各布·格林认为舍恩维特是唯一能够继承他和他的弟弟事业的人。《上法耳次的习俗与传说》第三卷出版之年（1859），威廉·格林去世，雅各布也在四年后离世。与雅各布·格林不同，舍恩维特并不追究统一的日耳曼民族文化及其原始起源，仅专注于上法耳次的特性。2009年，也就是《格林童话》问世将近二百年之时，舍恩维特未发表的文字在雷根斯堡市档案馆被发现，其中约有多半不为人知的500则童话故事的口传文字！

1806年的拿破仑战争彻底瓦解了德意志神圣罗马帝国，但也极大地激发了德意志民族意识。格林兄弟搜集民间童话也始于1806年，他们的整个文学生活与渴望形成德意志民族认同感密切相关。他们崇尚的是德意志浪漫派的“民族文学”想象，浪漫派以其寻求自身文化、复兴民间文学著称。不仅具有民族特性的童话故事是德意志民间文化的重要组成部分，雅各布·格林的德语语法和语文学研究也是民族浪漫主义的具体操演，旨在揭示深藏的德意志精神。《格林童话》类型亦即“格林体”是民族遗产与文学创作的结合，既可回溯民间叙事传统，又在文学改编中得到丰富。尤其是威廉·格林对童话的刻意塑造，赋予其真正的诗性品格，开创了“书面童话”风格。为了追求简单朴素的叙述风格和统一的童话格调和形式，格林兄弟对自己搜集和别人邮寄给他们的童话文本做了净化和修饰。我们当把《格林童话》看作民间故事的文学提炼，那是格林兄弟的创作，是他们催生出的一种现代民间文学体裁。对于今天的解读来说，《格林童话》是否根源于民俗的问题（它们确实根源于民俗），似乎已经无关紧要了。

何谓“跨文化”？*

黛云先生的大作《涅槃与再生——在多元重构中复兴》（中央编译出版社，2015），是其21世纪以来的学术论文自选集，有学术专论、大会发言、专题访谈、主题演讲、论著序文、忆旧文章等。一位八旬长者，展示的不只是人文关怀，还有浓郁的青春气息，这主要来自论题的时代风貌，以及字里行间的激情。所谓时代风貌，说的是作者与时俱进的思考，畅谈文化多元共存，21世纪的新人文精神，中国文化如何面向新世界等。当然，作为新时期中国比较文学学科的开拓者，她不会忽略比较文学论题，比如全球化时代的比较文学，或比较文学的国际性与民族性问题，针对“学科之死”的忧愁，阐发学科之生。

该书给我留下最深刻印象的，是贯穿全书的“跨文化”理念。这在如下内容中一目了然：“跨文化与跨学科的比较文学”，“跨文化的对比意识或比照意识”，“跨文化、跨时空边界的书写史和阅读史”，“跨文化视野与方法”。对所有这些问题，作者都有精到的阐释。不只仅此而已，作者在论述“时空巨变与文化转型”、“新人文主义与后现代思潮”、“中国文化面向世界”时，或在呼唤“另一个全球化”、“多样协力的世界”时，

* 本文原题《关于“跨文化”的思考》，载《读书》2015年第7期，第67—73页。原发表时有所删节。

都充满“跨文化”底色。简言之：跨文化对话！这也是乐黛云、李比雄（Alain Le Pichon）主编的那本立意高远、已有三十多卷之巨的刊物的名称。毋庸置疑，“跨文化”抓住了一个重要的时代命题。

概念在当今社会的变化越来越快，一些今天还很流行或占主导地位的概念，明天可能已经过时，且被视为毫无孕育力。在过去几十年中，人文科学和文化研究经历了诸多范式转换或“转向”（turn），这也使每一个雄心勃勃的方案都会遭遇怀疑。在国际学界，跨文化方案已经在20世纪90年代促成一些研究领域的诞生，例如跨文化教育学、跨文化性别研究、跨文化文学研究、跨文化心理学乃至心理治疗。现在看来，“跨文化”似乎还未过时，还有其孕育力。我在这篇小文中，主要想就受到先生启发而想到的几个与“跨文化”有关的问题谈一些粗浅的看法。

联合国教科文组织《世界文化多样性宣言》（2001）指出，文化多样性是人类的共同遗产，应当予以承认和肯定，它就像生物多样性对维持生物平衡那样必不可少。之后，“多样性”也体现于各种政治讨论。“Diversity”作为一个概念，有两层意思，一为多样性、多元化，二为区别、不同。它是正面标识，是精神遗产，一个国家以此才获得真正的文化民族的称号。文化多样性在某种程度上是对“异样”的正面解读，对一个国家来说是财富。奥运会或足球世界杯的大型开幕仪式，尽管是一种炫耀，但在本质上是文化多样性的展示，东道主以此表明其真正入时，同时也强调各民族和国家的五环相连。《世界文化多样性宣言》

在“911”之后不久问世，有其偶然性，但也有其必然逻辑。这一公约在很大程度上也是危机意识的产物，跨文化的危机对话显得越来越重要。

关于“文化”概念，我们在此不必多说；据说世上不同视角的文化定义有160多种，这不是我们说得过来的。观察当代多元文化社会和国际交往的三种常见形式是“多元文化”（multiculture, multiculturalism）、“文化间性”（interculturality）、“跨文化（性）”（transculturality），它们也是不少学术论著中的关键词。由于论题相近、语境相仿，它们之间存在颇多交叉之处，甚或给人留下“同义词”的印象，这当然是混淆概念所致，或多或少也反映在汉语学术语境中。于是乎，中国学人怪之没有明确定义者有之，怪之定义太多者有之。在我看来，这不是关键所在，关键是要厘清概念。对这三个西语概念的一些不同的汉译，已能见出如何诠释的问题。

从字面上看，“多元文化”“文化间性”“跨文化”这三个外来概念，似乎都不言自明。但它们是在什么背景中产生的？主要内涵和外延是什么？何为其相关含义？三者的相互关系又是什么？它们的重要区别究竟在哪里？这些都是我们需要弄清的。“文化间性”是对“多元文化”观念的进一步发展，这个比较容易理解。而“跨文化”是作为前二者的对立模式而提出的，不少人好像对此还不甚了解。概念不清常会导致思路不清，甚至望文生义、张冠李戴。我们能看到“文化间性”与“跨文化”的混淆，理所当然地用“跨文化”概念来论述“文化间性”问题；或者，把“跨文化”所否定的东西（例如“多元文化”），强加于“跨文化”之上。得出这些结论并不困难，在互联网中检索一下相关论文便可得知。我在简要梳理这三个概念的来龙去脉之前，先须做一个说明，即这里说的是与西语对应的“多元文化”“文化间性”“跨文化”概念，而非只凭汉语概念来解读，造成想说什么就说什么、想怎么说就怎么说的情形。

“多元文化”是一个囊括许多社会哲学理论的总概念，常与一个国家或地域（如欧洲、北美）的文化政策有关。起初，也就是在20世纪80年代，“多元文化”是加拿大和澳大利亚推行的政治策略，以避免英法等国新移民与当地民众之间的矛盾和冲突。而在美国这一世界上最大的移民国家，“多元文化主义”则是反对现状而提出的政治和社会理念，要求承认少数族裔、亚文化和弱势群体的平等地位，实现罗尔斯（John Rawls）所倡导的“机会均等原则”，即fair equality of opportunity。“承认”和“平等”是多元文化主义的旗帜。早已有之的“文化多元论”（cultural pluralism），其实已有这种倾向，但那主要还是一个描述现象的概念，不像多元文化主义那样旗帜鲜明地挑战主流文化的权力中心和话语霸权，解构历史、哲学、社会和政治领域的正统说法，并成为教育、文化和政治诉求的依据。

在整个西方社会，多元文化主义要求承认和保护文化差异及其平等权利，反对国家强制推行主导文化亦即“共同文化”（common culture），在很大程度上已不是纯粹的理论探讨。其出发点是各族裔和群体都是平等的，因而要相互理解、尊重和容忍。多元文化主义一般被视为激进的左派纲领，遭到来自新保守主义和新自由主义的批评和反击，他们认为多元文化主义孕育冲突潜能。曾经的和现任的政要如英国首相卡梅伦、德国总理默克尔、法国总统萨科齐、澳大利亚总理霍华德、西班牙总理洛佩斯，都认为“多元文化”弊端不少，不利于国族团结，不利于移民融入国家大家庭。这些政治人物的所属政治阵营是尽人皆知的。梵蒂冈教宗本笃十六世宗座文化委员会主席拉瓦西枢机主教，也于2011年2月11日宣布多元文化模式的失败，反对原教旨主义，推崇文化间性。

中国学界对“多元文化”作正面解读者居多，并能得心应手地用中国传统文化中的“和而不同”观念来进一步阐释多元文化共存和互补观念，最终得出异曲同工、殊途同归之结论。这种阐释逻辑自有其合理之处，但我们也要看到中西论述“多元文化”概念时的些微差别，即不少中国学人会借题发挥，牵连西方多半在“文化间性”范畴内的讨论。诚然，中国的“和而不同”不排除对话、交往、互动和动态发展，但它首先是一个强调差异、反对“趋同”或“混一”的概念：“万物并育不相害，道并行而不相悖。”（《中庸》）就这点而言，它同真正意义上的西方“多元文化”观念极为相似。可惜，环顾当今世界，常常不是“和实生物，同则不继”（《国语·郑语》），而是不同而争、不同而战。“不相害”“不相悖”之“和”，多半只是一个美好的愿望。

如果说多元文化主义首先是一种政治理论和意识形态，“文化间性”则主要涉及方法论问题，更多的是一种形式和做事方法；前者在政治和社会语境中被定义，后者有各种定义，界定什么是或不是文化间性。要言之："文化间性"主要指建立关系，即承认差异、进行对话，以达到沟通和理解的目的。不同文化的相遇和交流，是人类文化发展的重要特征。"间性"的明显特征是其流动性，不把文化间的关系和影响视为单行道。文化变化过程并不就是影响过程，而是一个互动过程、意义重组的过程。文化间的动态对话和交互作用，必然产生新的东西，生发新的意义或意义变化，并被融入各种文化，成为其组成部分。当今社会没有文化间性是不可想象的。"文化间性"方案旨在探索不同文化圈之间的互动条件、可能性及其成就和相互认识。在文化交汇处，例如在一次对话中，"自我文化"与"他者文化"相遇，可以发现不同文化的距离并不太远，人与人之间存在根本的共同之处。文化间的真正问题所在，是交流主体的行为和理解过程时常受到自我族群意识的影响，以及对他者的让步和接受程度。从自我文化的立场观察世界，往往会给交流带来困难；注重文化特殊性的立场，很容易导致排他性。

每个创新理论都有其主角，他会赢得赞扬，也会成为批评的对象。"跨文化"理论较多与德国文化哲学家韦尔施（Wolfgang Welsch）的名字连在一起，他在 20 世纪 90 年代早期和中期的相关著述中，提出和倡导"跨文化"（Transkulturalität）理念。他认为"文化间性"与"多元文化"没有多大区别，都依托于传统的整体论的文化概念。"文化间性"追求大的文化圈之间的对话，也就是各为一体的文化之间的交流和互动、尊重和宽容，同时也必然突出文化界线。而"多元文化"的出发点是，一个社会内部存在多种单一文化，因而要注重各种文化的宽容相处和共存。这两个概念的严重缺陷，是把文化看作独立的、界线分明的场域，承认社会中自成一体的文化，把个体限定于其民族文化属性。

韦尔施批评说，“多元文化”和“文化间性”思维的代表人物，主要承接了赫尔德（Johann G. Herder）在两百多年前提出的观点，即把文化视为自我封闭的同质球体。根据这一理论，各种如同球体的文化不可糅合，只会碰撞或者疏远。因此，他认为不仅要与赫尔德的老旧文化概念保持距离，也要与多元文化与文化间性观念划清界线。后者墨守传统的文化观，视文化为惯习和价值观之同质、自主、不变的统一体，然后在较低层次上提出文化的和平共处和对话。这当然是不现实的，因为它们没有排除文化的同质性，无视当代生活的多样性，终将事与愿违，导致分裂主义、群体隔离乃至文化种族主义。显然，韦尔施对赫氏文化观做了简单化的阐释。他忽略了彼时的历史状况，以及赫氏哲学与其政治性接受之间的区别。我们只能视之为有意为之：为了凸显自己的跨文化纲领，他把赫氏文化观拿来作为本质主义文化观的典型，并把“球体”“碰撞”之说看作“文明的冲突”理论的肇端。在借用球体意象时，韦尔施甚至否定“文化间性”所具有的对话性和交互性。他认为，我们面对的是一个相互关联的大的文化景观，因而要在多样性的层面上观察自我文化与他者文化，承认“他者”文化，但又不将其绑定于他者文化，更不能像从前那样把他者文化与种族捆绑在一起。

韦尔施的观点曾引发许多方法论论争：是否要用“跨”来替代“之间”，或把“之间”看作各种文化交流的大概念？无论如何，不少学者诟病“多元文化”和“文化间性”理论，“跨文化”也早已是相当流行的概念。韦尔施认为，“跨文化”意味着两种不同甚至相反文化 / 文化圈的相遇，并可能导致界线的模糊乃至消解。它展示的是文化关系的另一种景象：不是隔绝和冲突，而是交织、互渗和协力；不是分裂，而是互动和理解。跨文化社会是所有人都参与的文化，但不会因此而产生全球文化或统一的世界文化，而只会出现带有跨文化因子的个人和社会。各种来源不同的文化因素的组合，使得每个人都是跨文化的；与社会跨文化相比，个人跨文化的影响更大。“跨文化”概念的产生背景，更多观照了全球化语境；“跨文化”实际上是指全球化过程中的流动性、交互性、杂合性造成的社会现象。

拉丁语“trans”（跨）有“经过”“穿越”“去那边”“到对面”“超出”等意思，这些词源上的意义已经显示出，“跨文化”明显有别于传统的独立文化概念，而是跨越不同国族的界线，行走、穿越于不同文化。也就是说，“跨文化”不会根究特定文化特征，那也是很难真正找到的。一旦这么做了，也就失去了跨文化特性。“跨”有“包涵”之意，包涵两种或多种文化，就像跨学科一样，那是你中有我、我中有你，是兼而有之和融合。它有点类似《中庸》宣扬的“执两用中”：跨文化的参与者了解自己的习惯、观念和行为方式，同时也懂得他者的习惯、观念和行为方式，其结果是知己知彼、非此非彼、亦此亦彼。跨文化主义者认为，跨文化方案有可能找到第三条路，即介于文化普遍主义和文化相对主义之间的路，而不是陷入极端解构主义。从这个意义上说，与其说“跨文化”是一种方法或一种现象，毋宁说它是一种哲学思考，是对思想和行为的反思。

在全球化语境中，与其他文化的对话，不再意味着某个统一的陌生文化与统一的自我文化的对照。陌生文化与自我文化都不是同质的，而是由形形色色的人和充满矛盾的现象组成的。将陌生文化置于自我文化的对立面来加以确认，本身就是一种抽象。如同存在差异一样，还有很多共同之处。在此，我们最能见出“跨文化”理论与霍米·巴巴（Homi Bhabha）所代表的“杂合性”（hybridity）理论的亲缘性，二者几乎是同时提出的。“杂合”其实自古有之，例如丢勒（Albrecht Dürer，1471—1528）的画作，或亨德尔（Georg Friedrich Händel，1685—1759）的音乐作品。这种观点也不是今天才有。翻阅施本格勒（Oswald Spengler）的名著《西方的没落》（1918/1922），不难见到他对各种文明内部的异质性与各文明之间的相似性的分析。以西方文化之源的希腊文化为例，没有埃及、亚洲、巴比伦和腓尼基，无法理解希腊文化的诞生。每种文化都是杂合的，每个个体都有其内在跨文化性，区别只在于其程度今非昔比。

在当代学术中，似乎存在一种“跨”字综合征，“跨”已成为炙手可热的关键词，常见于不少学术著述的标题。其实，界线从来不是绝对的，而是人为设定的；并且，跨越、淡化和克服界线的做法早已有之。可是，另一种观点还相当顽固，似乎也不是完全没有道理：自然科学可以跨文化，中国化学家和美国化学家可以不顾文化和语言的差别，毫无问题地进行专业交流。社会科学和人文科学却只能有“文化间性”，它们依赖于理解和认识过程，而这种过程必然要从阐释主体的自我文化立场、生活经验和期待出发，因而无法摆脱自我文化特性。

目前较大的困难是“跨”字概念之不确定和不统一的运用：是连接还是超越，顾及还是包含，相互作用还是相互克服？错误阐释的可能性总是存在的。时常未能厘定的是，“跨”字概念是描述已知事物的新视角，是一种新的研究兴趣，或更是一种意识形态。在不少情形中，“跨”是碍事的、矛盾的，时常无法准确把握，甚至导致误解。我也不希望以上论述会导致一种误解，即以为“跨”否定“异”，否定多样性，仿佛传统文化已经消失。可是，“跨文化”改变传统文化的模样，其存量在不断递减。“跨文化”也不意味着“趋同”或“混一”；它依然多样，但是多样性的形式变了：不再是界线分明的同质文化之多元共存，而是具有跨文化特色的不同生活形态的交响和共处。

我和你“之间”*

1

全球化由来已久，它同现代性的起源密切相关；然而作为一个概念，人们谈论“全球化”，还是最近几十年的事。不仅如此，它已经成为当代生活的关键词：全球化！这个图腾每天都在让人思索，向我们提出挑战，或者困扰着我们。它可以是借口或理由，可以是吉兆或不祥之兆。尽管人们对其毁誉不一，但不能否认它为人类带来的交流便利。与此相应，中西对话，或用一种时髦说法：跨文化对话，早已成为一个学术热点，有时热得让人觉得没有新意。随之而来的问题是，思想的对话是否因为全球化而变得更加容易？在这一问题视域中，中西对话这个看似老生常谈的话题，显示出新的价值和意义。这种对话在全球化时代是否可能、如何可能，乃是一个具有世界意义的当代命题。为了回应这一时代命题，北京师范大学文学院于2012年12月16—17日举办了题为“思想与方法：全球化时代中西对话的可能”的国际高端对话暨学术论坛。会议邀请成中

* 本文原题《叙言：我和你》，载方维规主编《思想与方法：全球化时代中西对话的可能》，北京大学出版社，2014年，第1—21页。原文较长，六节文字，此文摘取前三节，文中相关论者的语录均出自这部文集。

英和朱利安（François Jullien）两位先生以及二十多位中外学者，围绕相关论题共同研讨中西对话的思想与方法。

这次会议的题词，是凯瑟林（Hermann Keyserling，1880—1946）的一句话："认识自己的捷径是周游世界。"这句话也是其代表作、风靡一时的《一个哲学家的旅行日记》（1918/1919）的题词。"一战"破坏后的欧洲，弥漫着沮丧、怅惘。凯瑟林这位"精神界的唐吉诃德"创建了自由哲学协会"智慧学派"，那里名士云集，名家来自东西半球；从1920年11月到1927年，智慧学派每年举办研讨会。把西方"技能文化"与中国"人本文化"进行两极化对比，是其最有名的论说。一种带着怀疑和嘲讽的说法是，这个学派的创立是将东方智慧移植于西方土地的最有名的尝试之一。荣格（C. G. Jung）是参加智慧学派活动的常客；在他眼里，欧人转向东方，孜孜求"道"，是在寻找精神寄托和拯救之途。

凯瑟林在其最后一部论著《论起源》（1947）中说：谁想跨越中间、推本溯源，首先得学会两极化，以获得认识。这里说的不是思想家和学问家惯常理解的两极化，即那种源于康德的模式——事物主体刺激而成的我与它，而是平等的我—你两极。纵使"你""我"关系密切，各自却是不同的、独立的。同一力场中两极之间的活跃关系，乃泰初现象：一极的存在依赖于另一极。两极化之路，乃是富有孕育力的创生之路，如男女合而生子。两极化思想也是一种方法，贯穿于凯瑟林著述始终。本来，"两极化"（Polarization）从物理学借用而来，表示电流的正负两极，最后成为凯瑟林哲学的核心概念之一，类似中国的一阴一阳之谓道。用于认识论，乃为我和你的创生性相遇。凯瑟林的我—你哲思，在很大程度上借鉴了现代德国最著名的宗教哲学家马丁·布伯最重要的著述《我与你》（1923）。（布伯是凯瑟林的朋友，并于1921年在“智慧学派”举办的“泰戈尔周”中结识泰戈尔。）布伯之后，各种有关“我—你”问题的探讨，都或多或少受到他的影响。

笛卡尔以降，近代西方哲学的主调是主客体二分，以“我思故我在”宣扬主体性的优先地位，康德的先验主体完成了对现象世界的建构。布伯则试图颠覆这种主客体观念，即“我—它”之基本信条。既非“我思”、亦非生灵万物决定人之存在，而是人与他者（人，物）发生关系的方式。用凯瑟林（《论起源》）的话说：人之存在，不在自然，亦不在精神；不在神性，亦不在兽性，而是兼而有之，处在“之间”，此谓“中间带”（Zwischenreich）。在布伯看来，人之行为有着双重性，这缘于人所能说的基本词（Grundwort）的双重性，同时也体现出两种占据主导地位的价值观。基本词（亦可从存有论的角度称之为“原初词”）不是单独词，而是对偶词组；布伯那里有两个基本词，一个是“我—你”（Ich-Du），另一个是“我—它”（Ich-Es）。（这一对偶中的“它”，亦可替换为“他”或“她”。）“我—你”中的“我”，在根本上有别于“我—它”中的“我”：“我”有双重性，即“我—你”人生与“我—它”人生的对立。因之，人的认同首先在于其与环境的关系：唯其“面对”人亦即“你”，或者“面对”物质世界，人才能够把自己同环境区分开来。在布伯看来，近代西方主客体二分的世界观，实为“我—

它”关系，而这是一种经验和利用的关系：“我”是主体和中心，以我的经验去感知“它”之世界；我为了自己的需求、利益、目的，主动去认识被动的“它”并为我所用。因此，“我—它”关系是一种不平等的关系。

布伯坚信“泰初有关系”，但是真正的关系不是“我—它”，“它”在这一关系中只是“我”（主体）认识和利用的对象（客体），这是非本质的关系；“我—你”才是本质性关系，创造出真正的关系世界。简言之：“我—它”为用，“我—你”为体。在具有本体性质的“我—你”关系中，世界不再是“它”，而是“你”；不再是“我—它”对立关系，而是“我—你”相遇和对话。“我—你”表现为人与人，人与物，人与神。“我—你”之所以区别于“我—它”，在于唯独这一关系才能真正带来“相遇”（Begegnung）和真正的“对话”（Gespräch），或曰“交谈”。换言之：人与环境、自然、物质的日常关系，乃为“我—它”关系，主要体现为观察和感受，旨在积累知识。真正的、深入的关系，来自“我—你”关系所生发的对话。“对话思维”（dialogisches Denken）或“对话原理”（dialogisches Prinzip），乃布伯学说之精髓，人称“对话哲学”。

布伯说“因你而我”，或曰“你成就我”。他又说：“真正的人生皆为相遇。”相遇开启新的存在维度；只有领略相遇，才会领略真正的生活。在“相遇哲学”中，人与生存的枢机是我与你的对话关系，是关系和相遇。在布伯看来，谁说出“你”，其实并没有说出什么，但说话者以此步入一种关系。关系实为“我—你”基本词的本质特征。由此观之，布伯哲学也是一种“关系哲学”或“关系本体论”，他曾明确从本体论的角度指出“本体乃关系”。何为“关系”（Beziehung）？答曰“之间”（Zwischen）。换句话说，真正的“关系”奠基于“之间”。我和你各自看到对方，建立起一种关系；我和你由“之间”和“相遇”形成，并在一个空间“言谈”，说同样的话题。“之间”既不见之于“我”（主体），也不见之于“它”（客体），因为“自我”和“他者”本来就不是布伯的出发点或着眼点，而是我与你“之间”。你我步入“之间”而相遇，相互靠拢却带着各自的特点，“之间”充满张力，对话和交流富有孕育力。价值见之于关系，关系乃精神之家，精神在你我之间。“之间”使布伯走出近代西方哲学传统的主体性范畴。

2

布伯的《我与你》，虽用诗体散文写成，且文笔优美，但其论题本身，以及一些绕口令似的“我—你”思辨，不免给人艰涩之感。不过，一本薄薄的小册子，论题却很大，不仅涉及布伯的宗教存在主义，亦与人类学、心理学、社会学以及人类精神生活的一系列论题有关，是20世纪西方思想史中的重要文献之一。重读布伯，在于这一经典著述同“思想与方法：全球化时代中西对话的可能”会议题旨有关；而重读的直接原因，则来自朱利安的讲演《间距与之间：如何在当代全球化之下思考中欧之间的文化他者性》，以及高建平的点评文章《从“他”到“你”：他者性的消解》，阐扬“我”与“你”的关系，也就是朱利安喜欢说的“vis-à-vis”（面对面）。我不但感受到朱利安那浓厚的西方哲学传统血脉，而且也看到他在某种程度上与布伯的相通之处，“间距”（écart）和“之间”（entre）这两个关键词，便能让人一目了然。他倡言人们在很多领域里“不必再思索存有，而只要思考之间”；他赞美“法文里有哪一个字或者哪一个资源会比这个‘维护／保持事物之间的关系’（entre-tenir）如此谦虚的动词更美：该字表示‘维持之间，用之间来维持，掌握之间’。我们于此终于‘维持事物之间的关系’”。由此，他同布伯一样，实现了对近代西方哲学的怀疑和批判。他说：“几个世纪以来，那个局限在‘我思’（cogito）里的唯我孤立的主体，此刻便变得可疑了；人们终于明白那是我们之间的之间——那个‘主体性之间’——使主体具有实质。”同在布伯那里相仿，“之间”这个介词不仅被做成一个概念，亦被做成思考工具，以揭示本体论或存有论所湮没的事物和事理。

尽管如此，朱利安的“间距论”或“之间说”，与布伯学说还是有着很大的不同。布伯从其宗教理念和人文精神出发，在强调“我与你”的关系时，视“我”与“它”（或“他”或“她”）的关系为非本质性关系：虽说人不得不生活在“它”之世界，无“它”不可生存，可是唯独与“它”生存者，不复为人。然而，巴黎第七大学哲学系教授朱利安，也是法国人文之家基金会世界研究学院“他者性教席”教授，他必定青睐“他者”（l’autre），“他者性”（l’altérité）在朱氏思想中的地位是不言而喻的：“必须有他者。”显然，这与西方世界见重的“他者性”思想是一脉相承的。他欣赏普洛丁（Plotinus，204—270）的箴言：“取消他者性，这将是模糊的单一和沉默。”或者柏拉图在《诡辩家》中的主张：开口说话，论人说事，不可能不提“他者”。当然，朱利安不是在布伯“关系哲学”的层面上论述问题，追求也不一样，因而“本质”或“非本质”不是他的主要关注点。他所论述者，更多地属于现象学问题；或用他的话说，他者“是逻各斯之客体”。在我们的语境中，亦即全球化时代，朱利安认为“他者哲学”可以引导人们走向文化他者性思维之路。

在另一个层面上，朱利安似乎又与布伯靠近了。他说自己的他者性研究，“不是要分隔你我，而是正好相反”。高建平对朱氏这一思想的总结是：“我们从与‘他’、‘她’、‘它’之间，转向与‘你’之间，实现‘面对面’。这不仅是为了对‘你’的思考，而更重要的是为了对‘我’的理解。”这使我想起歌德早就说过的那句话：“人只有认识世界才能认识自我，世界使人意识到自我，自我使人意识到世界。”而黑格尔所言“自己的本性是发现他者就在自己里面”，说的是一种不停息的交流，并在交流中提升自我，将自我升华为行进中的、不止步的主体。朱利安的绕道（détour）中国思想，在于返回（retour）欧洲：“经由中国来反思欧洲，乃企图有策略性地从侧面切入，从背面捕捉欧洲思想，以触及我们的未思（l’impensé）。”这在很大程度上是“我—它”那种源于自我需求的利用关系，如他自己所说的于“‘外在’所得到的利益（用处）”。而当他不只停留于从外部解构欧洲思想，还试图与“对方—他者”面对面，与作为“你”的他者间谈（dia-logue），这与布伯所重视的打开封闭的自我，与“他者”“相遇”，“对话”，在“面对面”中建立“我—你”关系，就颇有亲和之处了。而朱利安与布伯的很大不同之处，或许也见之于此：布伯珍视“我—你”，朱利安则更注重从他者出发。这点我在后面还会谈到。

布伯认为，一个真正的团体之形成，不在于团体成员互有感情，而取决于两个方面：其一，团体成员与一个活跃的中心有着活跃的相互关系；其二，团体成员之间有着活跃的相互关系。团体依托于活跃的相互关系，而活跃的中心才是其建筑师。布伯的这一思想，如同他在论述“我—你”“我—它”时一样，读来绕口甚至拗口，但很有趣。这是哲思常有的特点，亦体现于朱利安对“间距”和“之间”的阐释之中。不仅如此，就思想内涵而言，二者虽不完全相同，但有异曲同工之妙，至少是有相通之处。朱利安提供的这两个概念，或许是其最耀眼的概念，叶舒宪甚至称之为“术语革命”，并用朱利安的口吻说：“你们都熟悉认同与差异，那我就去讲间距吧。”的确，朱利安不但对“认同”、“差异”不感兴趣，而且对现当代文化意识（及其研究）中的“认同”和“差异”观念进行了根本性批判。在他看来，差异是一个认同概念，即为认同服务的概念，并总是与认同成双入对、相伴而行；但实际情况是，不可能有文化认同，人们无法确定一种文化的本性；改移和发展才是文化之本性，否则便是一种死的文化。差异概念只会归类、定义、贴标签，实为一个忽视发展逻辑的懒惰概念；它除了制造自己，“什么也不生产”，“什么也不再发生”。应该说，朱利安的这一视角是很有见地的，这也是他发展新概念的基础和出发点。

他建议在文化交流中用“间距”（écart）取代“差异”

（différence）。所谓“建议”，实属谦辞；他的立场是很坚定的，始终在“用间距概念来对抗差异概念”。在他眼里，“差异建立分辨，间距则来自距离”。前者是表象的或描述的，后者是“有生产力的（productif）”——朱利安视之为“间距”的最基本特征。正因如此，他极力要“使间距发挥作用”。“间距”产生出“之间”（entre）：“间距则通过它所生成的张力，不仅使它所拉开并且形成两极的双方‘面对面’而保持活跃，间距还在二者之间打开、解放、制造之间。”朱利安认为“之间”是欧洲哲学未能关注的，因为它无法定义，没有本性和属性，不能靠自己存在。这种说法当然有一定的道理。不过，或许在世时名声最大的德国人、而今天几乎被人遗忘的凯瑟林，曾在《论起源》中用整整一章论述“中间带”（Zwischenreich），这个概念有点类似朱利安的中间阶段（intermédiaire）。其实这只是翻译问题，凯瑟林说的也是“之间”（Zwischenreich）——更像布伯的那个“之间”。尽管如此，朱利安说自己三十多年来“在中国与欧洲之间思索”，在“两种思想之间安排‘面对面’”，以此开拓和打造“之间”。也就是说，“间距”成就“我—你”关系，“之间”乃连接二者的纽带，使彼此发现对方，实现“对—话”（dia-logue），即汉译朱氏用词所谓“间谈”（旨在强调二者之“间”，即希腊语“dia-logue”［*Διάλογος*，*diálogos*］中的“dia”所表示的产生张力的“间距”）。朱利安强调指出，间距是一个具有发现或发明功能的探索性概念，有孕育力（fécondité）或产生孕育力（fécond）。这是朱利安的慧眼所在，他要彰显的正是“文化多样性”的孕育力。

3

张力、孕育力、生产力，都是“间距”工作的追求，也充分体现于“思想与对话”高端对话暨论坛。这部会议文集中充满张力，观点和思想中有着明显的两极化倾向。用朱利安的话说，文化之间的间距与思想之间的间距，呈现出各自的资源，使本来分开的事物彼此发挥作用；“之间”开辟出互相反思的空间，引发对照和交锋，让双方得以互相孕育。思考不但见之于大会讲演，亦在圆桌会议上得到充分展开。此外，富有孕育力的沟通已经发生在会前的交流，并见之于会后的续谈，或曰“面对面”的延续。本书收录的有些文献，正是为了记载“幕后”的、“私下”的对话。成中英是会议主讲人之一，讲演稿而外，他还向会议递交了三篇文章，或回应、或发挥。成中英和朱利安这两位对话人在不少问题上的立场明显相左，存在很大差异。

这两位哲学教授本该就一个核心问题首先交换看法：朱利安认为古代中国没有西方意义上的哲学，没有西方哲学传统中的精髓 ontology（“存有论”，又译“本体论”）。西方讲哲学，中国论智慧。其实，这个观点并非朱利安的创见，西方早有此说。作为当代新儒家的代表人物之一，成中英怎么看这个问题呢？他对中国哲学传统中的“本体论”有其独特认识，称之为“发生的存在学”（generative ontology）或“创造的存有论”（creative ontology）。他本可以利用朱氏间距理论，就这个问题展开相互孕育的间谈。不过我想，二者都知道各自的基本立场；对于哲学的不同理解和界定，必有不同的说辞和出发点。再则，两位先生是以其基本哲学假设进入自己的对话角色的；并且，朱利安旨在去本体化，成中英则畅谈他的“本体诠释学”。我们要理解成中英与朱利安之间的对话和思想碰撞，且在介绍了朱利安间距论等思想之后，先得对成氏基本思想有一个大概认识，这涉及成中英的论述基调，而且他一向追求其哲学思想之义理结构的圆融一致。作为本体诠释学的开拓者，或者夏威夷诠释派儒学的代表人物，成中英的话语视角首先奠基于“我的哲学”。或用朱利安的说法，成中英“懂得以独特方式融合应用中西两种思想传统”；就西方哲学传统而言，他“特别以美国的‘分析哲学’为理论工具”。本体诠释学看似极富西化色彩，其实根植于中国观念，尤其是先秦诸子思想。“绕道”西方，旨在以西方工具“解构”中国思想传统，达到所谓中国哲学的“重建”和“创新”，并使之走向西方、走向世界。成中英认为，就建立自我理解与发展跨文化理解、积极开发人类多元一体的世界文明而言，“本体诠释”具有重大意义。他强调“本体诠释学”不同于以往的西方本体论学说，并试图通过自己的学说，为消除中西方对话的障碍提供必要的认识论根基。

于是，我们首先在诠释之最高层级的哲学本体问题上，看到两位对话人的分歧。朱利安认为“间距”可以超越非此即彼的中西二元思维，既不以西方批判中国，也不以中国对抗西方，而是瓦解这两种诉求中的本体论根基，通过非本体化的努力来寻求新的对话可能。成中英则针对朱利安讲演稿中对本体论的几处批评，直言不讳地说：“当然，我这里说的本体论，不是朱利安说的本体论。他所说的和反对的，其实是基于亚里士多德形上学的本质论，而非我基于易经哲学所说的本体论。”成中英所理解的本体概念是什么呢？对此，他在《论本体诠释学的四个核心范畴及其超融性》一文中作了扼要而系统的阐释：西方说的是超越、外在的本体，忽略从本到体的发生或延展过程；此乃以本为主，即根本、根源。基于对中国哲学本体论的特殊理解，成中英的本体诠释学认为，“本”“体”合一为本体，非以本为主，而以体为主体，得出之体的状态是本与体的载体。本体强调由本到体的过程和动态及其发展出的结果（体），蕴含根源性、过程性和结果性。这一诠释的哲学依据是，中西哲学史上各有其本体概念，并认为本体诠释学之本体是兼具二者的创造性整合，乃是一种更深刻的理解。这里也体现出成中英对诠释的两种划分，一种是西方的“基于本体的诠释”，一种是他所追求的“寻找本体的诠释”。他便在此基础上举一反三地展开讨论。本体论究竟是中西对话的可能之路，还是需要克服的障碍？显然，两位对话人的意见完全相反。

成中英指出，他与朱利安各自代表两个传统，后者代表西方的“他者性”思想，而中国哲学起始便是仁者哲学，而非他者哲学。一方面，他能理解和接受朱利安对“他者性”的推重，因为那是事实存在。另一方面，他批评他者性观念漠视人与人的“相通性”；“他者性”如中国古人所说的“非我族类，其心必异”。这一视角与成中英所谓西方外在性本体论忽略人的内在性超越是一致的。他见出“他者性”实为一种间隔，且为不能逾越的间隔，因为他者哲学坚信“他者”，不信交融，生怕交融会产生不分你我、没有差别的一体。他说朱利安的“他者性”思想主要来自法国后现代哲学家列维纳斯或与后者相去不远，这一说法应该是没有问题的。在列维纳斯眼里，他者绝对不可知，亦无法感受。不过如前所述，“他者性”思想在西方由来已久，列维纳斯曾就“他者”哲学写过关于布伯的专论。布伯在《我与你》中说：我在“我—你”关系中接受另外一个人，也就是证实他与我不一样；换言之，必须结识和接受一个有着不可比之独特性的人。

成中英认为中国哲学中从来没有类似列维纳斯那样的外在超越性，“仁者性”与“他者性”截然不同。所谓“仁者性，同情共感性”，即“人同此心，心同此理”，或中国文化中“四海之内皆兄弟”的说法。不但儒、道两家没有绝对的他者概念，佛家似乎也没有，中国因而缺乏“他者”意识。鉴于朱利安不讲差异，只讲距离，推崇福柯《词与物》中的中国“异托邦”（l’hétérotopie）之说，并认为“他者性”不仅能避免自我执着、自我封闭，还能维持自我状态，成中英对朱利安的“之间说”提出了质疑：“‘之间’能够建立‘通’、实现‘通’吗？这是我对他者提出的问题，也是对列维纳斯提出的问题。”以我之见，“通”并不是朱利安的主要追求和目的，他是想借助中国而从外部解构欧洲思想。同时，他也不完全赞成福柯的“异托邦”不可知论，因而提出以“无穷的耐心和毅力”来探索“一种可理解的共同之处”。尤西林视之为朱利安的“间距”→“之间”→“他者”→共识。但尤西林认为间距观的重要缺陷是忽视“善”的价值规范，从而未能回应价值虚无主义这一现代性的最大威胁；缺少价值观的“间距”对中国人来说是很陌生的。

“间距”显然也使龚鹏程感到陌生。他在点评朱利安的讲演时指出，中国哲学讲究不隔，或让本来“隔”的变成不隔。而朱利安却要以“隔”为方法，强调拉开距离。这在龚鹏程看来，只会形成沟通和理解上的更大隔阂，而不是朱利安所讲的具有创造力的动能关系。龚鹏程强调的是“中国思想”，即人与人以及文化之间的互相感通，也就是钱锺书所说的“东海西海，其心同、其理通”。感通可以形成关怀、体贴和爱，所以更有意思，比两个孤立个体之间的“可理解”更有行动力。

成中英与朱利安在本体论和他者性问题上的观点分歧，会给人留下一个印象，或曰引发一个问题（即高端论坛的中心议题）：全球化时代中西对话是否可能？如何可能？对此，成中英的一个判断或许是准确的：“朱利安的‘之间论’与我的‘本体论’，不但不存在任何矛盾，反而是构建一个开放的‘本体间论’的必要成分。”现在的问题是，他们各自的理据来自何处？通向何方？

朱利安是一个坚定的他者主义者。并且，他的抉择出自一个知识人之强烈的时代责任感和文化责任感。他援引普洛丁“取消他者性，这将是模糊的单一和沉默”，乍看是担心单一和沉默，而且还很模糊，其实另有深意。他要在全球化时代把人们导向文化他者性思想之路，并“为他者性概念从人们对它的恶劣看法里挽回信誉”，缘于全球化！全球化使人们面临“同一化（uniformisation）的威胁”，以及文化资源泯没于全球市场的强大压力。文化的同质化、标准化，也意味着不断的异质化；不少人“殷切企盼的文化综论或文化协和，正是文化之死”，因为“文化肯定是复数的”。可见，朱利安倡导“他者性”思维，针对的是文化在全球化时代的同化和异化！因为他“不相信‘东西方最终会结合在一起’这个本身就建立在最古老神话上的宏大宣传口号”，所以他“相信间距和距离所带来的益处”，相信“文化间谈”（dialogue des cultures）的孕育力和生产力：“确信间距所提供的之间，一场间谈就会更丰富精彩。”并且，全球化“时代赐予我们的好运，就是让我们游走于众文化之间”。对于朱利安用间距说来抵抗全球化时代不同文化的趋同趋势，龚鹏程以感通说来标识其对立模式：不同个体或文化之间感而遂通，表现为可感、可通、可应、可和，这样才有和而不同，反而能够避免全球化时代的同质化危机。这一思路大体上与成中英的相关论说合拍。

如前所述，成中英所理解和倡导的本体诠释学，是一种整合东西本体论的方法，具有浓重的相关性和变通性。所谓整合东西本体论，就是对内在和外在、内在超越和外在超越进行整合，以实现本体的超融（transcendental integration）：四者为一体多面的、互补的整体（本体）。他以天上繁星为例，说明本体各自存在而又相连，彼此相照而又属于一体。同理，本体的你与我，各自有所本，各自形成体；虽然你我有着空间距离，但在天人合一中不分你我。因此，成中英从其整合立场出发，提倡在中西交流和理解中“合外内之道”。与本体阐释学的创生和超融相仿，他又实现了一次整合：从“本体论”与“之间论”导向“本体间论”。这一方法的关键是理解自身与相互理解，自我诠释与相互诠释。尽管成中英不否认“他者性”、彼此有别，且提倡“两个基本原则：一是对理解事物的自我认定，二是与他人沟通交往中对事物同异的相互认定，所谓同则同之，异则异之”，但他的整合论之方向是明确的：“整合或融合人类文化与哲思主流的大方向。”在此，我们很能见出成中英与朱利安的异同。我想，朱利安在原则上不会反对“本体间论”，它在很大程度上可以与“他者性”和“之间论”并行不悖。而以这一方法为工具来实现整合，朱利安（他主张只论之间、不论存有）不但不会赞同，而且会坚决反对。整合的目的和结果，与他所针砭的同化相去不远，他不会喜欢“人同此心，心同此理”之说。另外，成中英认为文化交流不能只是对话，还要减缩间距，这在朱利安那里也不会找到知音。“他者性”所要保持的距离，不是“面对面”的经验距离，而是形而上的距离，因而无法靠近。我对朱利安所说的“‘他者’免除了自我窒息，免除自我关闭，因而使‘自己’维持进行中的状态”的理解是：我行我素。这时，他不会反对列维纳斯之说：我绝对不了解他者，因而对他者负有绝对的保护责任。尊重他者，这是全球化时代所需要的。

有“侨”必“易”*

——以清末中西文化接触为说

应叶隽君之邀，为“侨易学的观念：意义与问题”圆桌笔谈写一些感想。中国社会科学院有一些创新工程，我曾参加过叶隽主持的两次小型专题讨论会，对“侨易”现象或“侨易学”略知一二。本来，友人创立学说，当高兴才是，亦当好好学习。可是他那“二元三维，大道侨易”，令我不敢问津，总觉得不花时间不好懂，一时把握不住。说实在的，虽然侨易学的研究对象是很具体的，比如探讨不同文化之间的相互关系，或者观侨取象、察变寻异之类的问题，但他要以侨易学来建立理解世界和宇宙的基本思维模式，既视之为一种理论、一种哲学，同时还是一个领域和新的学科，或者一种方法论，这就不由得让人产生宽泛和空濛之感，就像侨易的“易”所出自的《易经》那样。说这些话，很可能是我还未得侨易学要领。但是我的直觉，或者我的担心是，人们完全可以不在侨易学的名下继续从事相关研究，而侨易学却得不到发扬光大。真的很希望有朝一日，我的直觉被证明为错觉。

我得承认，叶隽提出的“侨易”概念至今未能打动我。我想，

* 原载《跨文化对话》第 33 辑，乐黛云、（法）李比雄主编，北京：生活·读书·新知三联书店，2015 年，第 173—178 页。

一般读者看到“侨易”这个陌生字眼儿，一定会问其为何物，这是很自然的。按照叶隽的说法，侨易学的基本理念是因“侨”而致“易”，也就是在国际文化交往中，不管是物品流转还是思想传播，从一个地方到另一个地方，都会发生变易或异变，乃至精神创生。而我之所以没有青睐这一创新之词，因为在我看来，这是不言而喻之事：有“侨”必“易”。换句话说：虽然侨易观念还不是常识，却不失为常理。当然，我知道叶隽创辟发明的良苦用心，他极力倡导侨易思维，意在推动理论的自觉。我的这篇短文，主要以19世纪中西接触中的相关现象为例，简要地从文化的比较、移译、传输和新解等方面来说明有“侨”必“易”之理。尤其是不同语言之间的交往和翻译，实为变易、变异的基因。

我的思考有一个基本假设，即文化是不可译的。不同文化之间的理解，永远是相对的。此时，我想到近期在中国也很活跃的朱利安的“他者哲学”。在他看来，所谓“东西方最终会结合在一起”，只是一个宏大的宣传口号，或者神话而已。显然，他的思路与西方世界所见重的“他者性”思想是一脉相承的。或如法国后现代哲学家列维纳斯所言，他者绝对不可知，亦无法感受，我们因此而必须结识和接受一个有着不可比之独特性的人。若说列维纳斯的观点过于绝对，似乎不无道理，即完全的、真正的理解是不可企及的。如此看来，文化比较只是权宜之计，为的是较为清晰地认识我们提出的问题。

我就先从常见的中西文化比较来谈论问题。有文化或思想的旅行（“侨”），就会有比较；而许多比较看似有理，其实是跛足的；有些理解看似深入，其实是表面的。我们不得不说，对西方与中国进行跨洲跨国比较是很困难的。一般而论，不管选择哪种比较客体，从社会范畴、各种机构和团体到审美形态，人们面对的总是历史形成的事物，因而必须区别对待，这里涉及可比性问题。一方面，特定事物有其特定的形成条件，我们在这个层面上对之进行考察，便能凸显其特殊性，并将之与其他比较客体区分开来。另一方面，特定事物又与社会、政治、经济、文化生活中的其他事物处于活跃的交流和互动之中，这使各种界线和定义处于不断的游移之中。改易和发展是文化的重要特征。给文化贴标签，在很大程度上是一种化约，而化约是比较的前提。

比较的功能是显而易见的，它常常是一种认知行为，或曰最基本的文化认识过程，同时也是一种自我认识过程。比如在19世纪下半叶，第一批中国外交使者踏上欧美土地，然后将他们的纪行和其他重要资料带回中土。在这些文献中，通过对比而获得的认识比比皆是。仅以薛福成论述中国不知通商之要为例：“欧洲立国以商务为本，富国强兵全藉于商，而尤推英国为巨擘。”“大抵通商之要，不外四端，曰：培物产、工制作、精仿造、广流通。四者既备，乃可与各国争衡。中国不知此理，一切听其自然。”“中国圣贤之训，以言利为戒，此固颠扑不破之道。……凡一言及利，不问其为公为私，概斥之为言利小人，于是利国利民之术，废而不讲久矣！”“盖中国素有‘不勤远略’之名，外洋各国知之甚审，莫不欲夺我所不争，乘我所不备，瞰瑕伺隙，事端遂百出而不穷。”（薛福成：《出使英法义比四国日记》）应该说，并不是所有比较都是无稽之谈，它们甚至很有说服力。但在观察和理解文化现象时，一概而论的比较常会忽略事物本身的发展逻辑和内在结构。

许多中国使者的游记和日记中可以见出，由于缺乏足够的对外认识，有些比较（甚至很大一部分比较）并不恰当，但这显然没有妨碍那些求索于西洋的中国人进行比较。探讨域外文化不可避免地要进入文化比较，然后才会出现自我界定和他者形象的比照。不少出使西方的中国士大夫的对外认识和理解，其明显特征是实用主义的，偏颇也在所难免。尽管如此，他们的追求令人吃惊地呈现出一种正面意义，而这也应该是当今世界文化交流的一大追求：不再依从文化落差的模式，也不从传播方的立场出发来解释文化关系，而是注重接受方的意图，以此决定取舍对象和取法策略，并按特定需求来引进和新解他者文化。尤其在这一诠释模式中，新解和变易如影随形。

如果说西方传教士带着宗教使命在中国所做的工作更多地属于传布型的，应归入“影响史”（influence history），那么，中国早期使者的那些同样可视为使命的作为，则应归入“传输史”（transfer history）。这是两种不同的文化传播类型。中国士大夫是在不寻常的、外在胁迫的情况下出使西方的。他们受命使西，所起的作用却更在本土，也就是中国人后来对他们所介绍的欧美文化的接受及其所产生的影响。甚至连那些由于本国文化和大环境所引起的传输上的回避和限制，都应理解为接受过程中的能动行为。传输史所关注的，首先是外来文化在本土化、社会化和接受过程中的变异及其前因后果。中国第一任驻外公使郭嵩焘的《使西纪程》（1876/1877）在中土引发的轩然大波，即便奉旨毁版，也完成了其传输使命。他在该书中所说的欧洲视自己为文明之地、中国为半文明之邦的信息，必然会留下痕迹，并或多或少地修正、改变和削弱了中国固有的价值观。

要想确切衡量时人在中西接触中的观念变化程度，几乎是不可能的。但可以确定的是，接触与变化是一个互动过程。可以确定的还有，在互动的文化比较中，交往者的实际境地、现实体验、各种兴趣和相互认识都在改变，从而导致新的价值判断，导致“文化涵化”（acculturation），即不同文化群体直接接触所引起的一个或两个群体之文化范式的改变。19世纪末、20世纪初，放眼看世界的中国士大夫和知识人，新用“文明”概念来论说现代的、力求实现的中国发展目标，自然也是文化涵化亦即异质文化交融的结果。

就定义而论，文化传输与文化移译密切相关，注重的是过程（视传输史为过程史），并不断新解所见事物。在这一过程中，文化接触、传输和关系不只关注不同文化群体之间的联系和契合点，而是更多地专注于它们的交织，这种交织会改变并重写相关群体的特征。联系中国范例，“西学中源说”是一个很典型的例子。此说在明清之际西方学术传入中国时已见端倪，戊戌政变前后最为发达。中国使者经常运用的比较和诠释方法，将西方与中国的概念和现象等而论之，是清季“西学中源”思潮和思维方式的重要来源。中国使者建立在“实地考察”基础上的比较分析，不但给这种论说添加了新的养料，而且更加充实了对照比较。

西学源出中国论者，不但认为西洋自然科学源于中国，而且以为社会科学也是如此。他们引经据典，多半属于一种引进西学的策略，也可能是为提供理据而做的辩解，即采用西学不是用夷变夏，西学本来源出中国。或者，他们确实相信西学中源乃历史“事实”。他们引用的典籍，似乎允许时人做一种“温故知新”式的新解，至少可以让那些已经不满足于传统文化的中国人意识到，西学符合中国的实际利益和需求，有借鉴和学习的必要。因此，他们刻意新解来自西方的启示，例如张自牧、薛福成等人在欧美的民主政府和议会制度中看到了“民为贵”等中国古代思想（张自牧：《蠡测卮言》；薛福成：《出使英法义比四国日记》）。宋育仁则在春秋经世中看到了国际法之精髓（宋育仁：《泰西各国采风记》）。志刚、郭嵩焘等人都认为基督教义由墨翟学说导引而出（志刚：《初使泰西记》；郭嵩焘：《伦敦与巴黎日记》）。这类观察问题的方法，既改写了西方事物，也使本土传统思想和实践因为新的联系而获得了重新定义的可能。这类比较的用意，似乎并不在于历史认识，更多地属于论述策略和思想形态；比较者意在图变，并宣扬某种变革方向。

“西学中源说”很能说明，观察者、认识者往往根据自己的意图、设想或成见来改变和叙说其认识对象。通过转释和变形来理解异质文化时，任意挪移和界定不同历史和文化框架，会制造一种（混合）建构品，一种由移译和新解所产生的他者文化。他者文化由于同本土文化的所谓“联系”而变得容易被接受者理解。文化移译的建构功能是很显著的。另一方面，异质文化由于这种“联系”而失去了本有的张力，给人“不过如此”之感，并很可能引起误解；其实，这种“联系”本身就是误解。然而在中国近代历史中，可能正是有些误解，常常显示出其“创造性”，而一些真知灼见却可能更具破坏性。

鉴于中国当时严重的社会问题尤其是深重的民族危机，亦鉴于西方帝国主义所引发的东西碰撞所带来的文化交流，在时人看来，只有“文明”似乎最有前途，而这种全新的“文明”，不与站在时代高度的西方进行交流、不向西方学习是无法实现的。用梁启超的话说：“西人百年以来，民气大伸，遂尔浡兴。中国苟自今日昌明斯义，则数十年其强亦与西国同，在此百年内进于文明耳。”（梁启超：《与严幼陵先生书》）可见，“文明”这个中国古已有之的词，获得了新的含义和新的视角，体现了一种价值观，可以表现为对古代中国三代盛时的追溯，亦可表现为对近现代西方的憧憬。新时期大势相迫，对本土占统治地位的价值观之转换的思考，也是对文化变异（culture alienation）之思考。当时不少中国士子视西方近代以来所提供的文明版本，才是文化比较的尺度。

有“侨”必“易”之理，最能见之于文化移译过程中语言的转换。在这个上下文中，重温本雅明那影响深远、被誉为翻译理论之圣经的《译者的任务》一文是很有意义的。他在哲学层面上探讨翻译工作的阐释前提。在他看来，翻译若要从根本上追求与原作的相似性，那任何翻译都是不可能的。因为，翻译有其局限性，无法表达原作中某些内在的东西；或者说，言传的内容而外，还有不可言传的成分。在原作和译作中，内容和语言之间的关系很不相同。本雅明用两个极为贴切的例子来说明这个问题：其一，尽管人们可以将器皿的碎片重新粘合起来，甚至连最小的碎片也按原样复位，但这毕竟与原先的器皿不一样了。其二，尽管 Brot 和 Pain 都指面包，但其意指方式是不同的。德国人和法国人对这两个词的理解有所不同，且无法互换，二者甚至彼此排斥。因此，翻译的首要任务是，尽可能准确地转达原作的形式和内涵，充分再现语言的目的性和意向。根据这些要求，倘若在汉语与西方的任何一种语言之间进行翻译，并做到本雅明所说的保留语言间的亲缘性，不仅要“形似”，而且要“神似”，那是完全不可能的，变形和变异则是必然。

19 世纪下半叶以来，大部分非欧洲语言都在翻译欧洲语言文本的过程中改变了模样，并向欧洲语言靠拢。同时，若把文化移译形容为“外人入籍”，那么，欧洲文化的外译必然会在新的运用语境中改变模样。中国语境中的“文明”新概念的确立，依然是一个很典型的例子：它在内涵上已经欧化，而其他一些曾经是同义词的“文物”、“文教”、“教化”则被剥夺了与“文明”同义的功能和权利并慢慢消亡。虽然，那些旧词的含义，还有可能出现在新概念的联想之中，何况还有对“三代”之恋旧。跨文化之互动和交流过程，是一种文化移译为另一种文化的过程：自我文化译入他者文化；他者文化译入自我文化。

中国早期出使欧美的使者最成问题的困难，是没有足够的现成概念作为文化移译的工具。根据著名的“语言相对论”（Language Relativity）或曰“沙皮尔—沃尔夫假设”（Sapir-Whorf Hypothesis），不同语言的人有不同的思维，对客观世界有不同的描述。因此，讲某种语言的人的某些思想是讲另一种语言的人无法领会的。维特根斯坦甚至认为，我们思维不了自己不能思维的东西，也表达不了自己不能思维的东西。我的语言就是我的世界范围（维特根斯坦：《逻辑哲学论》）。特定语言规定了人们对于世界的特定认识，这就是认识的可言说性。没有语言，连想象都无从说起。

面对异质文化中的现象、思想、实践、概念等，我们常会发问："这究竟是什么意思？"要回答这个问题，我们往往竭力把原先属于其他语言的范畴和现象"移译"成我们的语言。然而，新近的翻译研究中的文化转向却告诉我们，翻译绝不仅仅涉及语言，而是一个整体性活动。被翻译的不只是一个词语、一句句子、一个段落、一页文字或一个文本，而是文本所依托的语言整体和文化整体。一种文化的特殊性同语言的特殊性息息相关，一些特定元素同时见之于特定语言和文化。根据这一逻辑，或者语言和文化的多样性，我们可以说，普遍主义其实是不存在的。洪堡的语言和翻译哲学，即词语是文化和民族独特性以及认同的载体，至今仍在发挥作用。此说实际上否定了翻译的可能性，或曰翻译无法传达独特性。各种不同的语言，很难以其不同的、甚至截然不同的结构来反映和勾勒世界。因此，即便是最好的翻译，严格说来只是一种形式的接近。或用本雅明的话说，所有翻译不过是权宜之术而已（本雅明：《译者的任务》）。并且，被解析和翻译的文化代码，受到时代、语境以及权力关系的制约，因而免不了变异。

如此看来，莫非文化传输定然失真？文化移译必定新解？

抛开从根本上否定理解他者文化的可能性，我们或许不得不同意一种观点：每一种文化交流实践，都必须正视各种语言语汇之间的不对应性。回顾清末的中西交流能够让人看到，实际情况也是如此。彼时几乎没有合适的汉语对应概念可以让出使西方的中国士大夫毫无问题地移译西方的一些核心概念与重要实践。他们常常需要直觉、灵感以及突来之念，也就是创造性的接受，并从处于变化状态的自我文化宝库中寻找传输的可能。文化交往中的“直觉”及其意义，自然隐藏着非理性成分，但它很能体现创造性认识过程。总有一些东西超出理解的范围，是客观逻辑无法把握的。这时，或许只有直觉能够促成理解。同时，理解过程总是受到观察者本身兴趣和需求的驱使，本土社会文化与被理解和接受的社会文化既是理解的背景，也是理解的途径。当时中国的使者、士子和学生在直接面对西方或以其他形式了解西方时，在很大程度上依赖于创造性地将自我文化同他们对所能观察到的他者文化的加工和消化联在一起，一方面为了使自己认识西方，另一方面为了审视和促进中国的现代化过程。

在译介西方事物时，清季学人有时会用中国传统概念来状写见闻与西方模式，这常常显得不合时宜；另一些“播犁地家儿伊哥那密”（political economy：政治经济学）式的翻译，毕竟有些不伦不类，且非长久之计。一种经常运用的诠释和移译方法是，在概念上将西方特色的政治和社会文化中的一个机构或一种现象与中国历史上的情状并而论之，如宋育仁所说“其实议院比于古之太学，议员乃西国之士也。其上院则如古世卿，

《周礼》询群臣、询群吏、询万民”（宋育仁：《泰西各国采风记》）。这时，用以描述西方事物的概念和表述，其词义语义一般来说均属牵强附会，甚至无法领会。读者有时甚至不得不从他所获得的信息中寻找内在逻辑，想象一个讲得通的事理或可以理解的情形。

当时文化移译的困扰，时常是不折不扣的语义困扰。另一方面必须强调的是，正是通过那些尽量全面的报导以及对西方社会状况的（非概念性的）分析性描述，许多中国人在现代汉语概念体系形成之前，前所未有地走近了西半球。异族文明闯进本土之后，正是术语万花筒（或曰术语混乱）与汉语中无数新词的出现，造就了新的认识。那是传输史中的一个眼花缭乱却极富光彩的篇章，同时也是“文化传输”的一种独特的、带创造性的辩证形式。

异者之镜*

叶隽君客气邀稿，为其新作《德国形象与中国精神——以中国现代作家的德国摹写为中心》作序。我一向佩服他做学问的态度和执著的求真热情，所以欣然答应了。我知道他深有积淀，对自己研究的东西如数家珍，还是一个善于出新的学者，这就能让我开眼界、长知识。这本书里考察的现代作家，大部分是留德学人，这兴许也是他让我作序的主要原因吧：在德国学习、生活了那么多年，对于这类文字会有亲近感，至少会感兴趣。确实，我带着极大的兴趣读完了这部别开生面、文史互证的书稿。

该书叙写的那些有留德背景的作家和诗人，如马君武、宗白华、冯至、陈铨等人，应是研究中国现代文学的人耳熟能详的；另有一些作家，如刘盛亚、朱偰、赵伯颜等留德学人，对我来说就很陌生了，甚至是第一次听说。不过，挖掘一些被历史尘封的往事，并不是没有意义的，学术中尤其如此。不用说，文学史书中的鲁郭茅巴老曹谁都知道，巴金、李健吾、艾青、李金发、戴望舒等人描绘的法国形象，肯定也比留德作家笔下的德国形象更为人知晓。人世已多风雨，但常如风灯草露，还有那么多我们知之不多，或早被遗忘的人和事。而正是大大小

* 本文是叶隽著《德国形象与中国精神——以中国现代作家的德国摹写为中心》的“代序”。

小的文学景观，成就了中国现代文学之色彩斑斓的画卷。叶隽关注的是很少成为话题、或许还有待重估的留德作家群，把他们眼中的德国形象放入现代中国的广阔天地，钩稽其与现代中国精神的关系，自有其妙趣。

妙的是话题的设置。作者要在另一个层面上讨论问题，如该书标题所说，透过中国现代文学里的德国形象这一特定视角，且借助他所倡导的侨易学，即文化接触、知识传输和转移等现象，考察现代中国精神的建构进程。不过，书中的大部分作家，毕竟关注度不是很高，把他们描写的德国形象同现代中国精神建构联系在一起，或许会给人小题大做之感，其实不然。一方面，这些作家和诗人并不是中国现代文学中的另类，可有“窥一斑而知全豹”的效用。另一方面或许更为重要，即从一个通常不被关注的方面进行文本细读和挖掘，往往能够见出一般文学通史所忽略的东西。新的取径能够带来新的发现和认识，没准别有洞天。并且，该著由文学而文化，在文学史视域里深耕思想形成和文化层面的问题，这就使研究上升到一个更高的层次，也能为文学史书写添砖加瓦。

作者的明确追求是通过德国形象在中国文学中的演化来解析侨易之理，但不只局限于文学。这种设计应该说是颇有见地的，而且如作者所愿，提出更大更有意义的问题。真正将“德国形象”和“中国精神”勾连到一起的，主要是形象学旨趣和视域，即该书“绪论”开头所说的“‘由外而内’，即借助‘他者的眼光’来返观自身，庶几可以借助‘异者之镜’映射出自身的本真面貌”。这或许也是中国作家描写德国形象的真正意义所在，尽管作家本人未必有这种自觉意识。这就让我想到形象学家的主要关切，形象学明确包含“他者形象”（hetero-images）与“自我形象”（auto-images）研究，注重二者之间的动态关系。

形象学的兴趣所在是国家、民族、群体、地域、文化的形象或成见，亦即对（所谓）文化整体的特定意识。作为文学研究的形象学，查考作家所呈现的（相对于自我的）他者形象，以及对他者和自我的描述方式；换句话说，勾勒陌生文化的形象，有助于对自我文化的认识，即自我形象的塑造。这种“形象”功能古已有之，以欧洲为例：作为欧洲文学“开场”的《伊利亚特》，便将希腊人与特洛伊人相对照，对立关系中充满自己的身份意识。同样，维吉尔的《埃涅伊德》通过对比特洛伊人、希腊人、迦太基人、拉丁人之形象，构建起全新的罗马人身份。

探究异国形象并不只是材料汇编和简单的形象清点与分类，文学形象学尤其注重见之于文学的国家和民族之间的相互评价。比如在很长一段历史时期内，英格兰人总是以有缺陷的德意志人反照自己。同样，18 世纪初法兰西人会把莱茵河对岸的德意志人看作粗野落后、没有品味、文雅不足的生民，以凸显法兰西文明的优越性。而斯达尔夫人的《德意志论》（1813），实际上为了修正拿破仑统治末期大部分法兰西人的自我形象。不难看出，他者形象是一种自我探索、反思和把握自我文化的途径，一种在注视他者的同时观察自我的方式，也可以是通过改变对他者的看法改变自己。因此，考察法国与英国在 18 世纪下半叶开始推崇德意志文学，可有效追寻这两个国家当时的文学生活。同样，研究 19、20 世纪之交前后数十年间英国文学中的德国形象，必然也要研究同时代的英国自我形象，英国人的评判不但折射出其价值观，也要借助与其他群体的对比来建立自己的认同。

形象学主要研究的是文学表征，揭示国家或民族成见如何被阐述和散播，再现文本或话语的着眼点、具体背景和语境及其来龙去脉，这样才能揭示具体形象的产生缘由。任何国家或民族形象都是诸多文学与非文学因素的复杂结合体。从日常生活到艺术、神话和诗歌，国族形象直接或间接地描摹某国及其文化的状况，以及形象制造者和传播者的认知方式，充满主观判断，说到底是一种建构。形象学是复杂的，它包含什么？价值何在？如何研究形象？这些问题都涉及形象学的方法论基础，并不是我在这里“三言两语”这么简单。而我在此对形象学的大概勾勒，主要是为了突出他者形象与自我形象的关系，也就是中国学界译介形象学理论时大大忽略的自我形象问题。唯有注目他者，才能看清自己，或如凯瑟林（Hermann Keyserling，1880—1946）的代表作、风靡一时的《一个哲学家的旅行日记》（1918/1919）的扉页题词所言：“认识自己的捷径是周游世界。”此处简单说明的自我离不开他者，对我来说也是一种题解，关乎叶隽著作的方法，很能体现形象学见重的他者形象与自我形象之间的张力；循此而视，从“德国形象”到“中国精神”的内在逻辑也就了然于心了。形象学的一个重要假设是，文学形象会影响我们如何思考，如何自处。

与形象学密切相关的是“exotism”，中文一般译之为“异域情调”，这也是本书作者颇为重视的，显然被提高到认识论层面。因此，他更愿用“异域趣味”来替代“异域情调”之译，这在很大程度上改变了看问题的角度，强调“exotism”不只是对异域和异文化的好奇和猎奇，更是对于他者的认识兴趣和探索欲望，凸显异域张力。作者要通过“异域趣味”来呈现时代精神的触碰，视之为另一种认识问题的可能路径，即在文学史视域里借助“形象”和“异域趣味”，探讨现代中国精神的建构过程。这一立足点是可取的，“异域趣味”也特别适合于彰显自我形象与他者形象的关系。

其实在“exotism”中，“异域情调”和“异域趣味”本来都在，难解难分，只是一个欧洲概念的中文翻译而已。不过就艺术作品而言，异域情调更多涉及客观特色，异域趣味则更多体现主观倾向。异域趣味总的说来泛指所有对异域天地的意趣，多半还会根据具体兴趣做出细分，比如原始主义、东方主义等。狭义的“异域趣味”则是随着19世纪的殖民主义和工业扩张而出现的欣赏异国他乡的审美态度，即正面看待一些陌生文化，用以充当自我文化的对立形象。

“异域趣味”之说已见于19世纪，之后偶尔出现在相关论题中，但直到20世纪后期的民族学危机、文化理论、他异性理论以及萨义德的东方主义理论，激活并彻底改变了国际学界对异域趣味的研究，使之成为后殖民主义和东方主义理论语境中的常见概念，成为晚近文学研究和文化研究中的重要考察对象。鉴于“exotism”不仅是当代西方学术中的“保留剧目”(repertoire)，在日常用语中也不陌生，我想借此机会稍微详细谈一下这个概念。

这个欧洲概念源远流长。拉丁语“exoticus”源于希腊语

“εξωτικός”（exōtikós），意为“异域的”“陌生的”。对异域文化的认识或想象，文学中早已有之，见于《伊利亚特》《奥德赛》，或古希腊阿耳戈船英雄（*Αργοναύται*）史诗。中世纪基督教国家与阿拉伯撒拉森人之间的战争，还有十字军东征，见识了伊斯兰异域，见之于《罗兰之歌》等作品；另有《马可·波罗游记》《曼德维尔游记》等广为流传的读物，给欧洲人带来不少泰东奇闻逸事。随着大航海时代亦即15世纪开始的地理大发现，异域风光和习俗不断进入欧洲人的视野。

陌生文化的形象总的说来是欧洲人心理的直接反映。早先的异域趣味带着浓重的欧洲中心主义，鄙视亚非拉异族文化，充满西方主导文化在文明、道德、宗教、智性、技术和经济上的优越感，同时对欧洲疆域之外的边地人怀有天然的恐惧心理，夷狄在文学作品中常被丑化为巨人或侏儒、狗头人或鸭嘴人。此时，异域趣味与仇外情绪常常只是一步之遥。不过，异域趣味也不全是恐惧感，随着历史的发展，异国他乡也逐渐成为欧洲人的渴望和向往。

自启蒙运动起，“异域趣味”开始了对西方文化的批判性态度和相对化处理，且通过两种途径：其一是欧洲旅行者对陌生文化的理想化，塑造出善良的蛮人形象；换言之，一些欧洲人将自己的理想投射到域外人身上，把新发现的远方生民视为“高贵的野人”（孟德斯鸠），这在启蒙运动的代表人物那里尤为突出，如狄德罗或卢梭对自然社会的设想。其二是虚构的异乡人带着诧异的目光观察欧洲物事，见之于孟德斯鸠的《波斯人信札》或伏尔泰的《天真汉》。异域世界多半被看作数落本土过度文明的镜像。难怪德意志自然历史学家、探险家福斯特在其《库克船长的发现》（1789）中，称前人的异域叙事都是“甜美幻想的胡乱杜撰”，他倡导对于异域现实的科学考察。当然，异域趣味与科学考察并不是对立的，会相互影响。18世纪的人种考察极大地激发了异域趣味，后者又反过来促进了对异域文化的探索，并导致诸如埃及学、东方学、印度学等新的科学门类的创立。科研成就和虚构作品可在多方面形成互补，带着各自对外族的不同看法。

在18世纪的欧洲，拉丁语“Exotica Peregrina”首先是指所有域外之物，即本土没有、需从殊域引进的东西，比如动物、植物、岩石等。此外，异域趣味也总是青睐艺术品和手工艺品，还有珍奇馆、花房等。18世纪下半叶欧洲建筑、园林、工艺美术中的“中国风”（Chinoiserie），可被视为最早盛行的异域趣味/异域情调。接着是19世纪初期的东方热，即欧洲绘画、建筑、室内装饰中的阿拉伯和印度意趣，以及19世纪下半叶掀起的“日本风”（Japonisme）。到了20世纪，异域趣味更是大行其道，从20年代对非洲艺术的吸纳，到80年代对东方各种救世说的接受。

在艺术中，“异域趣味”主要体现于欧洲艺术对域外情趣的赏玩。龚古尔兄弟在其《日记》（*Journal*）中说，法国作家戈蒂耶（Théophile Gautier，1811—1872）1863年11月23日在让他们过目的思想纲领中用了“exotisme”一词，此为这个概念词的较早起源。戈蒂耶认为“exotisme”是一个天然的美学范畴，区分了空间距离和时间距离所生发的异域趣味。从心理上看，异域趣味带着浓重的感性和情感色彩，追求极端的、释放的感官体验。表现异域趣味的“原始艺术”（art brut）亦即野蛮艺术，尤其在现代性审美意识中拒绝被政治文化收编。异域趣味讲究新奇和稀罕，就会变着花样翻新，追逐轰动效应。

异域趣味对陌生艺术和文学的接受，可以是内容方面的（例如表现主义），也可以是形式上的（例如立体主义），又可以是特定种类（例如木刻）。尤其在20世纪早期的文学艺术论争中，异域趣味扮演了极为重要的角色，先锋派特别热衷于边远的土著艺术。自20世纪20年代起，不少文学家将目光转向印度和中国，推崇东方的宗教。异域趣味实际上是一种文化策略，关键并不在于真实描写，而是不同的陌生化手段。在现代派那里，异性的魅力主要是憧憬，而不是祖先曾经有过的恐惧。他们要抵御与日俱增的全球化带来的单调和无聊，就此而言，异域趣味也是一种逃避主义的表现。这也在很大程度上出现在源起于19世纪60至70年代西方的去中心化的新时代运动（New Age Movement），人们推崇亚洲的宗教和神秘主义，自然性、灵性和心灵回归被视为欧洲主导文化之功利主义、理性主义的对立模式。

从以上历史回顾不难见出，“异域趣味”仿佛向来只是西方人的专利，就物质层面而言，也好像只是有钱人摆弄把玩的，无论是旅行还是收藏。狭义的异域趣味至少在表面上多半树立的是某种正面形象，用以返观西方文化的不良发展。广义的异域趣味则是对异域的所有文化想象，凸显人们建构天然差异的正当性，同时也显示建构文化身份和他异性的一般逻辑。可是，既然他者形象和俗套观念有助于确立或强化自我群体的身份认同，“异域趣味”就不再会只局限于西方社会，而是一种惯常的认知途径。因此，透过中国现代文学文本中的德国形象来追问现代中国的精神架构，也就顺理成章了。

旧睡袍与狄德罗效应*

耶克尔的讲演引经据典，学术性很强，很有启发意义。[1] 他援引的第一个学者是狄德罗；我的反应是：又是狄德罗！对于18世纪的法国启蒙主义者，曾经有过的责难数不胜数。他们乏味、死板、刻薄，这是论敌对启蒙思想家之乏味、死板、刻薄的宣判。唯有一个人似乎不费劲地抵挡住了所有攻击，那便是狄德罗。他的作品影响深远，甚至在21世纪的今天，还未丧失其魅力和现实性。没有哪个同时代人能像他那样机智博雅、心思灵巧，独具慧眼正是他的特色，让闻者咋舌。

1772年，狄德罗在《追思我的旧睡袍》的随笔中，伤感地忆起自己的旧睡袍。“我为什么没有留着它？”他以这个问题开始自己的思考：“它很合身，我也配它，穿在身上很自如，从不碍事。”但眼下这新睡袍让他浑身不自在，还搅乱了全部生活，甚至是一种破坏。往日的生活，只在回忆之中，旧睡袍同日常生活是那么融洽，与家里的桌椅也很般配。“可是眼下，

---

* 原载《社会科学报》2014年5月29日。

1 2014年3月24日，在笔者的邀请与主持下，德国特里尔大学校长、著名社会学家耶克尔（Michael Jäckel）教授在北师大文学院用英语做了题为《奢侈与浪费：差异何在？》（Luxury and Prodigality: What is the difference?）的学术讲座。该文发表于《社会科学报》2014年5月29日（与本文同一版面），题为《奢侈与经济息息相关》，曹一帆译。

一切都乱了套”，他恼怒地说，“和谐已经远去，没了分寸，没有美”。这种毫无意义的损毁，缘于美化和更新的冲动。他没能节俭持家，终于酿成恶果。举目四顾，只有从前的一幅小小的油画，还能给他一些慰藉。他害怕了：“我奢华的时间并不长，毒性还没发作。可是久而久之，谁知道会怎样？一个怠慢妻女的人，一个负债不轻的人，一个不称职的丈夫和父亲，老忘了拿出家用金的人，谁知道以后会怎样？”

究竟发生了什么可怕的事情？

狄德罗在巴黎常去乔芙兰夫人主持的艺术沙龙，并帮了她一个忙。为了表示感谢，乔芙兰夫人送给他一件华贵的猩红色睡袍。“一个老处女到牧师家当管家，一个女人嫁给鳏夫，一个人换掉失宠的大臣，一个莫里诺派主教取代杨森派主教，都不会比这件闯入我家的猩红色睡袍引起更大的不安。”他穿着新睡袍在书房里来回踱步、沾沾自喜的同时，发现书房里的家具怎么也配不上这件睡袍的档次，往日里感觉不错的地毯也显示出了穷酸相。于是，新睡袍的格调开始发威，狄德罗挨个儿换掉了熟识的家具，终于坐在贵族气十足的书房里。就在这时，他后悔自己丢掉了那件破旧但很温馨的旧睡袍，那上面的墨迹记载着一个文学家的生活。而穿着考究的睡袍，他觉得自己活像个富有的懒汉，没人会认出他来。唯有简陋的地毯还能让他想起自己是谁。自从有了这件睡袍，家里阔气多了。而这可憎的奢侈睡袍，让他失去了安宁，“奢华引起何等祸害！”

“我那块老旧、卑微、舒适的破布哪儿去了？朋友们，留着你们的旧物，小心富贵带来的恶果。我的经历给你们一个忠告：清贫无拘无束，富裕带来拘牵。”不错，《追思我的旧睡袍》的副标题，便是“对品味多于钱财者的忠告”。阔绰的睡袍不仅把狄德罗弄得跟木偶一般，还让他觉得自己的生活也受到睡袍的胁迫。他曾是旧睡袍的主人，现在却成了新睡袍的奴隶。罪过来自“对惯习的不幸偏爱”，来自“讲究品味，它改变、淘汰、美化所有东西，而且上下颠倒”。这位大哲学家困惑了。奢华毁了他，夺走了一切，他只得祈求上苍，留着那幅维尔内的画《暴风雨之后》，那是对虚妄之人的惩罚，画家令哲学家汗颜。

狄德罗描述的是一个不幸社会的场景，盲目地买了又买，最后却是满足欲的破灭。他在整个叙述中没有用“消费”概念，却以一篇短文而成为最早的消费批判者之一。20 世纪之消费批判中的核心思想和主要理由，已在此初见端倪。同时，狄德罗为《百科全书》（1751—1772）撰写的“奢侈”条目，使他成为最先在奢侈中看到伦理堕落、追求享受和浪费之症候的欧洲知识人之一。在他看来，奢侈虽是人们利用财富营造的舒适生活，却从来是道德家的鞭笞对象。对指责奢侈的各种论证做了一番历史批评后，狄德罗得出结论说：奢侈有助于人的幸福，国家应当说明、推动和引导奢侈。他主要关注的，并不是奢侈本身，而是社会不平等现象。他认为政治的任务在于建立财富的均衡。

再回到旧睡袍忏悔录，狄德罗说的是一种微妙的感受，也是一种常见现象：购买一个新商品，也购买了一种欲望，接着配置相称的物品，形成攀升消费模式。安置或布置过住房的人，多半有过一种无法完全操控家具的感受，有些家具仿佛有其自己的意志：一个新沙发的款式或色调，与家里已有的沙发不配，这会让人产生替换旧沙发的念头。这么一来，柜子又显得不协调了，也得换掉。还有，茶几的颜色与地板或地毯不相配，还是搬进其他房间为好。相反，互不相配，也可以是不买新东西的理由。

很奇怪，我们总会自觉或不自觉地根据物品来寻求和谐。时髦女郎在这方面是最有体会的。她买了一件绝对新潮的外衣，而且还很划算，或许还打了折。兴冲冲回家以后，打开衣柜才大失所望，什么都配不上，无法凸显气质！怎么办呢？当然是接着买！买了鞋还不够，还有围巾，最后还需要一个上档次的拎包，或许手表也得换。为何如此？美国人类学家和社会学家麦克奎肯（Grant McCracken）试图解开这个谜，最后在狄德罗的《追思我的旧睡袍》中找到了答案。这就是所谓“狄德罗效应”。

在《文化与消费》（1988）一书中，麦克奎肯首次提出“狄德罗效应”。它已成为消费研究中的一个著名概念。作者把狄德罗的故事看作消费社会的原本情形：拥有新的消费品，比如一件衣服，会让人接着买下去，原因是总体协调感。第一次购买成了继续购买的起因，这是一个“连锁反应”，或曰“配套效应”，为的是添补、完善、一致。人总是在寻求一致，在寻求相互协调的物品，此乃 狄德罗整体”。麦克奎肯区分了狄德罗效应的三种形式，睡袍经历则是其中较为极端的一种：一个陌生物品翻转了一切，这种事情较少出现。而在通常情况下，狄德罗效应处于守势：人们会防范那些破坏狄德罗整体的想法和产品。第三种情况则是对狄德罗整体的创造性突破：一些玩味生活的艺术家，恰恰挑选违反常规的物品。

其实，狄德罗效应是许多人都领略过的，麦克奎肯也不例外：他的夫人对苹果手机赞不绝口，在他面前唠叨了几个月之久，最后他不得不买一部。为什么等了这么长时间？当然是狄德罗效应！他曾在自己的博客中写道："问题是，苹果电脑有些特殊。我不反对特殊，但它在我这里不合适。"同样，他对自己手上的苹果手机的感觉，就像有人送给他一件猩红色睡袍一样。写下这些文字，我想到的是自己那部年迈的破手机，基本上处在关机状态。不管是考虑购买高档商品，或者打量自己的客厅，或想更好地理解我们生活的世界，谁了解"狄德罗效应"，谁就会在生活中受益无穷。"狄德罗效应"可以解释购物癖，也可理解时尚和反时尚，可预见和不可预见的。

“靠一小块声音糊口”*

“Habent sua fata libelli”——这句拉丁文说的是：书也有命运。

作客他乡，闲来时常喜欢念几首诗消遣；每遇上一首好诗，不啻抿了一口甘美的醇酒。为飨他人，便慢慢产生了译诗的念头。这就是选译这本情诗的由来。至于这本译诗集的命运如何，还是今后的事。

诗之不可译，是一个早已有之的立论。本书译者颇有同感。歌德的《浪游人的夜歌》之韵味，是无法用其他语言转达的。李白的《静夜思》在西方广为流传，仅德语译诗便有二十多种：四行，八行，十二行，二十行，应有尽有，却都大为逊色于原诗。这里所说的，往往不是内容含义上的问题或曰理解问题，更多的是遣词造句、辞藻修饰等问题，要想译出这些东西来，是非常困难的；尤其是语言结构，常常是不可移译的。以《静夜思》为例：“床前明月光”既可理解为诗人对旅居生活的回忆，也可以理解为诗人正漂泊在外；也就是说，既可以是过去，也可以是眼前，本没有确切的时态感。这种“无时态性”，同时也是时态的多层次性，汉语结构使然，中文诗中亦屡见不鲜。

* 本文原为拙译《爱情的故事——德语国家情诗三百首》“译者的话”，北京：作家出版社，1996 年。

正是这种“伸缩性”，予以读者很大的自由想象天地。然而把这首诗译成英、法、德等西洋文字以后，不管用现在时、过去时还是其他什么时态，都不得不硬性地使时态具体化，或多或少框住了原诗。同样，在中文译诗中，用“着”“了”“过”或者“曾经”“已经”之类的副词来体现洋诗中的具体时态，常常会影响译诗美。

还有一些诗，其精华所在甚至和音素这个语音中最小的单位有关。歌德的《浪游人的夜歌》（Über allen Gipfeln/Ist Ruh’），每句诗尾都用了极其沉闷的元音，恰如其分地表达了诗人在万籁俱寂中怀有的那种“念天地之悠悠，独怆然而涕下”的忧郁情感，要用中文“原汁原味”地反映出来，是很不容易的。太难逾越了——语言的鸿沟。

但是，中国要知道歌德，西方要了解李白：不得不译。这是文化交流的需要，也是本书译者的初衷。

情诗的历史伴随着整个诗歌史，任何其他题材都不像爱情这个永恒而又新鲜的主题一样，给历代众多不同风格的诗人骚客以灵感。德国向有诗国之称，在浩如烟海的德语国家诗歌中，本书选择的，只能说是微乎其微。并且，译者不得不发现，正因为语言的障碍，对有些名作，尤其是有些高度运用语言特色和技巧的现代诗，不得不割爱。

本书选择了几个世纪以来 204 位诗人的情诗凡 310 首（包括佚名诗和民歌，但佚名作者不计入诗人总数；另外，一个诗人在一个标题下的几首诗，只算作一首）。特别需要说明的是，译者在选择诗歌时，基本上摆脱了文学史家的评介。先作初选，念了又念，最后选下的是我所喜欢的、吸引我的、打动我的、让我思考的；也就是说，我所跟随的是自己的感觉和口味。

一般说来，诗歌，尤其是情诗，不能完全像小说和戏剧那样直接反映社会现实。换言之，社会现实在情诗中的反映，不像在小说和戏剧中那么突出。但我们也不难看到，由于时代的不同和生活环境的变化，情诗在反映诗人个性和主观性的同时，也或多或少体现了时代的变迁。每个时代都有不同的文学，也有与之相适应的情诗。在歌德看来："那会是我的末日，/假如你退回我的情。"哈贝尔科恩却说出了"我已经/做了感情投资"。而且，情感和时代不仅反映在诗的内容和意境里，也体现在诗的风格和形式中。

取名《爱情的故事》，是因为书中讲了许多许多爱情的故事：甜美的，悲伤的，直言的，含蓄的……有缱绻的情意，有望穿秋水的思念，也有荡检逾闲；有初恋、分离和死亡；或雄放或婉约，或感伤或欢忭，情场有之，诗坛常见。

译诗按事立类，分诗对待，把意境大体相似的诗歌放在一起。诗之风格，自古各异，对同样的事情和情感，可以有不同的歌咏。我很明白，由于诗风格的变迁，把两首同一主题却相差五百年的诗放在一起，不免给人生硬之感；但这么做是为了让读者进行比较欣赏，也许另有妙趣。好在歌德时代的诗歌与现当代诗歌的差别，就语言本身而论，并不像汉语中的文言和白话那样相去甚远。

按事立类，并不等于说，一首诗就一定只属于某个主题，诗家本身或许也不同意这种拘囿。一些诗，酸甜苦辣兼而有之，悲欢离合同时并存，故把某一首诗从一个专题挪入另一个专题，也不是不可想象的。归类的原则是：题材大体相近，兼顾本书的层次和结构，并选用各专题中的某一句诗行作为标题。本书中的十一大类的先后顺序是：爱情篇章，花前月下，爱情的故事，失恋和分离，孤独和思念，甚笃情爱，恋人颂，行乐嫌夜短，生活在一起，朦胧的诗，尾声。

对于那些传统情诗中的花前月下、红唇酥胸，一般说来，不存在理解的问题，人们已经训练有素，固无需赘言。我只想就有些现代诗做一些说明。

本书中选译了不少现代情诗。有些诗，第一眼看上去并不像情诗，也许还有人怀疑它们是不是诗，也有人会说这些诗不知所云，或者不伦不类，或可称之为“朦胧”吧。但有一点是可以肯定的：朦胧未必劣下。念一遍，再念一遍或几遍，也许能领略到其中妙处。有些诗中杂乱的句子，常常就像没有头绪的梦；但梦中的象征和符号，往往也有自己的含义。弗洛伊德曾试图解释杂七杂八的梦，对有些朦胧诗的理解，似乎和释梦有些共通之处。释梦不易，却很有趣。

诚然，一首诗中妙语连珠，回味无穷，无疑是一首好诗。而在一些现代诗中，我们见到的只是一些日常大白话，但有趣的是，单调并不无味。这些诗有时只展现了一个场景，一种反应，一处细微的描写，一件日常小事，但它们却和爱情不无关系。同样，在有些诗中，人们在谈论情诗时马上就会想到的那种奔放的热情和幽深的伤感不见了，爱只是一种暗示，甚至是一种害怕，怕提“爱”字，并尽量避免这个字，特奥巴尔迪的“我很想写一首小诗……说明我俩的一切 / 却又含而不露 / 你和我”就是一个典型的例子。我们在现代情诗中常能发现一种极大的内心冲突，以及对自己和情人的怀疑。还有一些情诗则不落窠臼，完全根除了传统情诗中的人物主体“我”和“你”，谈论的不是自己或我们，而是一般存在。这一切都是诗人对改变了的生活情感和恋爱观的反映。当然，我们在现代诗中见到的不只是玩情不恭，亦常能见到中国古代画论中的那种“深情冷眼”：“即便这情感使人寂寞”（冯德拉契克），苦恋的人只“靠一小块声音糊口”（多明）。

20 世纪已不是少年维特的时代。世界复杂多了，爱情复杂多了，情诗也复杂多了。一些诗歌毫无疑问地属于我们这个时代。黑尔特林诗中的“每当我想 / 获得家庭的温暖 / 便去外遇”，这是 18 世纪的诗人所不认识的。同样，人们在刀光剑影和世界末日的时候相亲相爱（见本书第一、二首诗），也只能是我们这个时代的产品。无怪多明咏叹出“哪儿 / 是我们的杏树”。

前面所说的歌德时代的诗歌与现当代诗歌在语言上没有多大差别，指的是语言结构本身。然对语言的运用，恰恰又是现代诗与古典诗的主要差别之一。这属于语言发展史范畴的问题，德语的发展与西洋其他一些语言的发展有相似之处。到了以歌德、席勒为代表的德国文学古典时期，德语被这两位大师发展到极致，也就是人们常说的“能说的都说了”（就表达而言），而且炉火纯青，后来的文学大师也都觉得无法逾越。可是样板成俗套，也就会僵化，给人不新鲜之感。于是，尼采便有了“博恨”“上帝的酒鬼”之类的表达，布莱希特喊出了“和平的爆发”，扬德尔则歌咏“吃人的爱”。这种“语言陌生化”是为了让读者吃惊，而不是一味沉湎于约定俗成的辞藻修饰。刺眼刺耳的词句，令人啼笑皆非的文字游戏，自相矛盾的搭配直至对句法的破坏，都是对传统样板的挑战，都是为了“换一种说法”。正是这种（译者暂且称之为）“不协调法”，成了现代诗歌的一大特色。

在品味诗歌，尤其是现代诗的时候，我们不能忘记高尔基所说的“艺术是靠想象而存在的”。想象既是诗歌创作的要义，也是诗歌鉴赏的工具。读诗是很需要一些联想和敏感的。现代诗人常用暗示的方法来揭示现实的深层结构，很多东西需要人们在字里行间挖掘。“太阳 / 比风更冷”（克尔斯滕），“你的膝上埋葬着我所有的舞”（路德维希），“你的大腿是登陆的码头”（巴赫曼），不能不说是绝唱。从这个意义上说，有些貌似平淡或古怪的现代诗，比一些古典名诗耐嚼得多，至少也有异曲同工之妙。

严复倡导的“信、达、雅”是翻译家的座右铭，对此，钱锺书在《管锥编》中亦有极精当的论述：“译事之信，当包达、雅；达正以尽信，而雅非为饰达。依义旨以传，而能如风格以出，斯之谓信……译文达而不信者有之矣，未有不达而能信者也。”本书译诗的雅俗和格调，基本上参照原诗。尽量用口语化的表达，杜绝“噫吁嚱危乎高哉”，避免用律诗绝句套洋诗，也不到处追求工整对仗；洋诗的主要特色不在于此，亦无需汉化。我只是在“译事之信，当包达、雅”方面做了一些努力，自知离钱锺书所说的文学翻译的“化境”还相去甚远。译诗是否成功，有待行家和读者评说。

人各有口味，更有不同的经历。就接受美学而言，供求是否合拍，在很大程度上取决于读者。如果读者能从本书中获得几首喜欢的诗，我也就心满意足了。读情诗，有时能使人想起一些往事，或者发现今天；可以是一次重逢：和他人，和自己；当然，不想蹑足其间的读者也可以从爱情这个角度认识他人。是否如此，读了以后就知道了。